L'ARBRE DE NOËL

DU MÊME AUTEUR
CHEZ POCKET

LES JOURS MEILLEURS

MICHEL BATAILLE

L'ARBRE DE NOËL

ROMAN

JULLIARD

La loi du 11 mars 1957 n'autorisant, aux termes des alinéas 2 et 3 de l'article 41, d'une part, que les *copies ou reproductions strictement réservées à l'usage privé du copiste et non destinées à une utilisation collective*, et, d'autre part, que les analyses et les courtes citations dans un but d'exemple et d'illustration, *toute représentation ou reproduction intégrale ou partielle, faite sans le consentement de l'auteur ou de ses ayants droit ou ayants cause, est illicite* (alinéa 1er de l'article 40). Cette représentation ou reproduction, par quelque procédé que ce soit, constituerait donc une contrefaçon sanctionnée par les articles 425 et suivants du Code pénal.

© Julliard 1967.

ISBN : 2-266-02578-3

A MARIE-LOUISE BATAILLE

J'aime ceux qui ne savent vivre qu'en sombrant, car ils passent au-delà.

NIETZSCHE.

1

Nul n'a pleuré plus loin que moi.

Depuis que nous avons vu cette tache jaune
exploser dans le ciel de Corse, nul n'a pleuré si haut
que moi. Ce soleil imprévu marquait le point où
l'avion avait cessé d'être. Nous n'entendîmes rien
tout d'abord. Mais, quelques dizaines de secondes
plus tard, l'onde de choc nous atteignit. C'était par
un jour de grand beau temps, en juin, dans un ciel
pur au-dessus d'une mer calme. Quelques débris
d'aluminium commencèrent en tournoyant leur
descente. Puis nous avons aperçu le parachute
fatal.

Nul n'a brûlé si haut que moi.

Un réacteur arraché plongea vers la mer, sa chute
encore accélérée par la traînée de feu de cent
millions de chevaux fous. Il s'engloutit en grésillant
dans les vagues. Mais sa gerbe de flammes ne
l'emportait pas en violence sur celles qui me rava-
geaient.

Nous ne l'avons plus vu. Il coula sans doute dans
les profondeurs vertes de la mer, de plus en plus
lentement, vers l'obscurité des hauts fonds. J'ai
sombré avec lui. Nul n'a sombré plus bas que moi.
Sur les sables de la nuit, les crabes ont marché vers
moi et leurs pinces m'ont déchiré. Ils se sont
nourris de moi. Je fus entouré du ballet tournoyant
des poissons mystérieux qui vivent sous une pres-

sion si grande que, pêchés par l'homme et tirés à l'air libre, ils explosent. Dans ma douleur, les étoiles de mer faisaient leur lit. Les pieuvres s'étendaient en silence. Je demeurai ainsi immobile, dans un mutisme austère, jusqu'à ce jour; seul avec toi, ma petite âme, seul avec toi.

Seul avec toi, je demeurai étranger à la race humaine. Je n'avais rien à dire. Je n'avais rien à vivre. Adieu, camarades très anciens, je ne suis plus des vôtres. En ta compagnie, ma petite âme, j'avais été. Au même moment que toi, j'étais parti pour jamais; je vous avais quittés camarades! S'il vous advient de vous souvenir de moi, dites seulement : – Il fut notre ami. Il combattit avec courage, avec le plus de détermination qu'il put et il ne s'est jamais plaint. Il vécut. Il tenta de conjurer le sort et conserva sa dignité. Il sut se taire.

Pourtant nul n'a crié plus haut que moi. Mais ce fut en silence. J'ouvrais la bouche grande, comme font les animaux qui hurlent à la mort. Je me décrochais les mâchoires comme un loup. Mais mon cri restait dans ma gorge.

Rentré à la maison, quand tout fut fini, je posai ma valise sur le tapis et, ayant donné l'électricité, je me vis dans la glace du vestibule et compris combien j'avais vieilli. J'étais un homme brisé. J'agissais avec la modération de ceux qui ont épuisé les larmes et sont passés au-delà. Au-delà.

J'avais payé mon passage; j'avais versé la rançon. Je ne suis plus des vôtres. Adieu frères! Ecartez-vous devant moi. Je passe. Laissez passer le pauvre survivant.

2

– Te rappelles-tu, papa, me dit Pascal, te rappel-les-tu? Quand j'étais petit, tu m'avais donné une voiture anglaise miniature, gris argent, et je la plaçais sous mon oreiller avant de m'endormir.

– C'est vrai que tu es grand, maintenant.

– Ecoute. Je vais tout de même avoir dix ans.

Nous sommes au château d'Hérode, dans la salle du bas dallée de pierre. Assis devant la grande cheminée où le feu est allumé, nous avons posé l'échiquier entre nous sur le canapé de cuir noir et je suis en train de gagner la partie.

– Je la perdais toujours, mais on la retrouvait. Tu disais qu'elle me portait un bonheur. Un été, tu m'avais emmené au bord de la mer, je l'ai perdue pour de bon sur la plage; tu te rappelles?

– Oui.

– C'était le jour anniversaire de la mort de maman. J'ai pleuré.

– Ne parle plus de cela.

– Mais c'est à cause de l'auto que j'ai pleuré.

– N'en parle plus.

– Mais qui en parlera, sinon nous?

– Peut-être vaut-il mieux que personne n'en dise rien.

– Echec à la dame.

A cet instant, nous entendons au-dehors le mugis-sement doux et puissant d'un klaxon. Nous sommes

13

venus de Paris pour le week-end et nous n'attendons personne. Pascal saute sur ses pieds et court regarder par la fenêtre à petits carreaux. Il se retourne.

– Papa! Je te jure, c'est un miracle!

– Lancelot du lac nous rend visite?

– Non. L'auto, tu sais? L'auto dont je parlais?

– Oui. Alors?

– Elle est là!

– Comment peux-tu la voir, petite comme elle était?

– Mais elle est là en grand. Pour de vrai! Je te jure! Viens voir.

Je me lève et m'approche de l'enfant. En effet une grande voiture anglaise de couleur gris métallisé vient de s'arrêter dans la cour. Mon ami Antoine en descend et, m'apercevant derrière la vitre, me salue de la main. Nous allons à sa rencontre à la porte de la tour.

– Que fais-tu là?

– Si possible, une surprise.

– Tu as gagné. Pascal a failli tomber par terre de saisissement.

– J'ai eu la même auto, dit Pascal.

– Eh bien, je n'ai plus qu'à repartir vexé.

– Note bien que tu l'emportes par la taille. La sienne avait huit centimètres de long.

– Mais elle était exactement pareille.

– En plus petit. Alors, tu as décidé de nous étonner?

– Je vais te dire, Laurent, j'assouvis un rêve de jeunesse. A quarante-deux ans, j'ai pensé qu'il était temps.

– J'ai trois ans de plus que toi.

– Arrête, je vais pleurer.

– L'altimètre, est-ce qu'il marche? demande Pascal en passant la tête à la portière. Il est monté à bord et s'est assis au volant pendant que nous échangions ces propos bénins.

— Mais oui, regarde : mille mètres tout juste. Cour du château d'Hérode, au coeur de l'Auvergne, chez mes amis Ségur.

Et, d'un mouvement sournois du pouce, Antoine fait basculer le dossier du siège de cuir noir. Pascal pousse un cri de plaisir, puis se redresse ébouriffé.

— Je pourrai dormir dans l'auto?

— Tu n'auras pas peur?

— Non, je serai avec elle. Je n'aurai pas froid; j'ai un sac de couchage.

— Et tu n'as encore rien vu.

Antoine fait descendre l'enfant et le conduit à l'arrière. Il ouvre la malle. Elle est capitonnée de moleskine noire.

— Fantastique, dit Pascal.

— Regarde en bas. Les grillages sont des aérateurs. C'est pour pouvoir transporter les chiens quand on va à la chasse.

— Cela fait une petite maison; c'est beaucoup trop bien pour eux, dit Pascal en s'y installant.

C'est ainsi que « la grande voiture » entre dans notre vie. Pendant le dîner, Antoine et l'enfant échangent des commentaires sur l'admirable machine britannique.

— Quand on a une auto pareille, on ne doit pas avoir peur, dit Pascal.

— C'est bien vrai. Je ne l'ai que depuis trois jours, mais je n'ai pas eu peur une seule fois.

— Et puis l'altimètre, c'est commode.

— Oui; tu montes à la Tour Eiffel et tu peux lire la hauteur.

— Tu ferais des économies, papa, si tu en avais une pareille. En voyage, on pourrait coucher dedans au lieu de descendre à l'hôtel.

Je réprime un sourire. Les théories financières des enfants, comme celles des femmes, sont toujours très ingénieuses.

Le lendemain matin, Pascal s'assied dans la malle,

15

que nous refermons. Nous avons une quarantaine de kilomètres à faire.

— Devine où nous sommes, demande Antoine en ouvrant la trappe. Tu n'as pas eu trop chaud?

— A l'aérodrome d'Aulnat. Merci, c'était parfait.

— Au revoir, Pascal. J'ai été heureux de te voir. Je prends l'avion. Antoine embrasse l'enfant, me serre la main, cligne de l'œil et, sa serviette de cuir noir à la main, se dirige vers les pistes d'envol.

— Il est fou, dit Pascal en se tournant vers moi; il oublie son auto.

Nous regagnons le parking. Je tire les clefs de contact de ma poche, ouvre la portière et m'assieds au volant.

— Je ne comprends pas, dit Pascal.

— Tu as si bien dormi dans la voiture cette nuit qu'il ne veut pas t'en priver. Il me l'a vendue.

— Et lui?

— Il en achètera une autre. L'usine en fabrique encore, tu sais.

— Elle ne sera pas si bien que la nôtre. J'ai oublié de lui demander à quelle vitesse elle pouvait aller.

— Un peu plus de 200, je crois.

— Sois prudent.

— Ne t'inquiète pas. Il l'a prévenue avant de partir.

Nous roulons depuis un moment quand l'enfant me demande :

— Dis papa, l'auto, elle a des pannes?

— En principe non. Pourquoi?

— C'est bien, les pannes. On ne sait pas ce qui va se passer. Ça fait une petite fête.

— Tu aimes beaucoup les fêtes?

— Encore assez, oui.

3

L'enfant et moi, nous vivons aujourd'hui avec calme. Mais nous l'avons payé cher. Vers le temps de sa naissance, je ne pouvais, comme des millions de jeunes hommes en Occident, supporter la pensée de demeurer pauvre toute ma vie. Je me battais dans le travail avec rage, avec frénésie. Ainsi, chaque année, d'assez nombreux Occidentaux deviennent présidents d'une société quelconque. Puis ils meurent d'épuisement sur le volant de leur voiture. Leur cœur haletant et fourbu cesse de battre. Déjà des loups plus jeunes, dans la formation triangulaire de la chasse, chargent en convergeant vers leur fauteuil, qui ne restera vide que quelques heures, avant de faire de nouvelles victimes.

Sa mère, quoique fort belle, vivait, comme des millions de jeunes femmes occidentales, dans l'obsession acharnée d'être plus belle encore. Elle mangeait à peine pour ne pas grossir et, dès que revenaient les beaux jours, elle espérait que je pourrais lui offrir un séjour au bord de la Méditerranée, pour qu'elle puisse bronzer à son gré. Ainsi, durant tout l'été, sur des milliers de kilomètres de littoral, de jeunes corps splendides et innombrables gisent offerts aux rayons brûlants. Quand revient l'automne, on ramasse les dépouilles des blessées de la guerre du soleil. Les jeunes femmes aux poumons atteints montent dans les trains qui rou-

17

lent vers la neige, aux frais de la Sécurité Sociale. On les étend avec précaution sur les lits d'un sanatorium, grand paquebot échoué sur les montagnes, qui troue la nuit hautaine de ses cent mille hublots jaunes.

J'ai survécu. Ma femme non. Un été, quand Pascal avait deux ans, je ne pus prendre de vacances. Je restai en ville, téléphonant comme un furieux, tandis que les miens gagnaient la mer fatale. Chaque matin, ma femme louait un pédalo et s'en allait au large, pour pouvoir se dénuder au soleil. Quand la chaleur devenait insoutenable, elle devait se tremper de temps à autre dans la mer, je pense. En tout cas, un beau matin, la barque d'un pêcheur ramena au port en remorque le pédalo déserté. On ne retrouva sur la banquette formée de lattes de bois laquées de blanc, qu'un bonnet de bain jauné et des lunettes de soleil; et je reçus un télégramme. Je pris l'avion. Jamais on ne retrouva le corps. Il avait dû sombrer après la congestion, puis les courants l'avaient entraîné au large. Dans la nursery de l'hôtel, l'enfant au moment de mon arrivée, mangeait sa bouillie avec entrain. Il me présenta tous ses amis et ne comprit pas pourquoi j'étais distrait. Quand nous repartîmes pour Paris, il s'étonna de voir sa maman rester seule à la mer. Elle y restait pour toujours. Nous ne pouvons pas nous recueillir sur sa tombe. Elle a pour sépulcre la mer immense. Elle n'est plus nulle part.

— A quoi penses-tu, papa? me demande Pascal.
— A rien.

Je secoue la tête et m'efforce de sourire. Après ce dernier week-end à Hérode, nous sommes rentrés à Paris depuis trois jours et mon emploi du temps au bureau a été si chargé que je n'ai guère eu le temps de parler avec l'enfant.

— Qu'as-tu fait en classe ce matin?
— J'ai appris les voyages de Magellan.

– « Votre Majesté sache que nous sommes rentrés vingt-sept hommes, avec un seul des cinq vaisseaux que Votre Majesté avait envoyés sous le commandement du capitaine général Fernando de Magallanes, de glorieuse mémoire. Votre Majesté sache que nous avons trouvé le camphre, la cannelle et les perles. Qu'Elle daigne estimer à sa mesure le fait que nous avons fait le tour de la terre et que, partis par l'ouest, nous revenons par l'est. »

– Ce n'est pas mal, hein?

– Oui, c'est même bien.

– Comment s'appelait celui qui a dit cela?

– Elcano.

– Et le Roi, c'était Charles Quint?

– Oui.

– C'est vrai au moins?

– Tout ce que je te dis est toujours vrai.

– Je sais. C'est presque aussi bien que les romans de la Table Ronde.

– Dimanche, nous n'avons pas le temps d'aller à Hérode, mais je peux t'emmener où tu voudras.

– Je voudrais aller voir des loups.

– Pourquoi parles-tu de loups si souvent?

– Je ne sais pas, ils me plaisent bien. Alors, c'est d'accord?

– Seulement si tu as de bonnes notes samedi et ne fais pas de bêtises d'ici là.

– C'est comme si c'était fait.

Pourtant, le soir même, je découvre une espièglerie particulièrement désastreuse. En haut d'un placard du couloir, à trois mètres du sol, l'enfant s'est installé une « maison », où il transporte tout ce qui l'intéresse. J'y fais de temps à autre une ronde, pour récupérer dans le butin mon stylo où mes cravates. Ce soir-là, je découvre, posée sur une étagère, la statuette d'Osiris. Je ne sais d'où je la tiens puisque, je l'ai dit, ma famille était très modeste. Il faut croire qu'au XIXᵉ siècle, quand les fouilles d'Egypte avaient lieu dans un certain désordre, quelque grand-oncle inconnu mit l'Osiris dans sa poche et nous le rapporta. Car il est authentique et on m'a toujours dit qu'il avait une immense valeur. L'enfant s'en est emparé et, trouvant triste la couleur verte uniformément patinée du bronze, il a peint la statue au ripolin. Je suis très contrarié puisque, à moins d'une restauration délicate par un expert, cet objet religieux si rare a sans doute perdu tout son prix. Je l'emmène dans mon bureau et le pose sur ma table tandis que je réponds à mon courrier. Au bout d'un moment, mon agacement fait place à la surprise, puis à une certaine admiration. Je découvre en effet que l'enfant, bariolant la statue à son gré, a intuitivement retrouvé les couleurs rituelles d'il y a trois mille ans. Le vêtement ajusté du dieu-roi est devenu blanc, comme il l'était jadis. Sa haute couronne d'Egypte est redevenue rouge ainsi qu'on peut la voir à Louxor dans les fresques des tombes et les deux sceptres croisés sur la poitrine – le double croisement des poignets et des sceptres définit l'absolu, par la négation de la négation – sont comme à l'origine du vert des plantes. Voilà un sujet de réflexion pour la psychologie des profondeurs : l'enfance redécouvre par elle-même les grands symboles magiques. Je replace l'Osiris dans la vitrine où il était, tel que Pascal vient de le recréer. Tout de même Pascal a commis cette fois une sottise sérieuse, et il convient lui-même qu'il n'a pas mérité d'aller voir les loups dimanche. Ce sera pour une autre fois.

– Et la grande voiture, me demande-t-il, tu l'as mise au garage ?

– Oui, elle attend les vacances.

– Où irons-nous ?

– Fais-moi une proposition.

– Ça m'est égal, pourvu que ce soit dans une île.

– Si tu veux, on peut aller en Corse.

– Je vais acheter une carte. Je te dirai.

L'enfant, économisant sur son argent de poche, achète dans une librairie une carte routière de Corse, portant sur la couverture un dessin des îles Sanguinaires. Ayant étudié la question, il me dit que cette île fera l'affaire. Il nous faut seulement acheter un bateau avant de partir. Ce sera en juillet, au début de ses vacances scolaires. Nous trouverons moins de monde sur les plages et je serai à Paris en août, ce qui m'arrange.

La semaine suivante, nous achetons dans un grand magasin un long canot pneumatique en caoutchouc noir et un moteur hors-bord. Le soir même, l'enfant l'a gonflé et gréé dans le salon et vogue sur le tapis vers l'ouest, « pour trouver le camphre, la cannelle et les perles ». Le samedi, nous allons à Deauville faire l'essai en mer. Tout va bien. Pendant que nous déjeunons au restaurant, un camion érafle la peinture de la portière de la grande voiture. Pascal est désespéré. Comme il garde un visage tragique pendant le voyage de retour, je me moque de lui.

– Penses-tu que ce soit si grave ?

– Oui.

– Alors comment auras-tu la force de résister à un vrai malheur ?

– Lequel ?

– Je ne sais pas. L'absence de ta maman par exemple.

Pascal réfléchit puis, au bout d'un moment, me regarde en souriant :

– Ce qu'il y a surtout, c'est que la voiture, on peut la faire repeindre ; tandis que maman, on ne peut pas la faire revenir.

Le jour venu, nous glissons le long de la France jusqu'à Nice et nous embarquons le soir. Tout commence à l'aube. Dans le bassin du port de

Bastia, le paquebot, d'un mouvement lent, à peine perceptible, dérape vers son mouillage le long du quai, sur les eaux infiniment calmes du port, au pied de la belle silhouette grise de la ville, celle-là même que le jeune Napoléon Bonaparte pouvait voir quand il s'embarqua vers son destin. Nous descendons à terre prendre un petit déjeuner dans un bistrot du port, en attendant que la grande voiture soit débarquée par la grue. Puis nous prenons la route de Saint-Florent, sous les lueurs saumonées du matin. Bientôt le soleil devient brûlant et les vacances se déroulent. De jour en jour, lentement, nous faisons le tour de l'île, de plage en plage. On a toujours raison de rendre la main au destin : j'avais adopté les projets de vacances de Pascal pour lui faire plaisir, mais grâce à lui je coule des jours heureux. Couchant dans la voiture, c'est-à-dire n'importe où, dans les lieux les plus déserts, nous éprouvons un sentiment divin de liberté. Notre vie pratique est aisée. Comme je n'aime pas faire la cuisine, nous déjeunons en général au restaurant et le soir mangeons des crudités ou des fruits là où il nous a plu de camper, en regardant la nuit tomber sur la mer. Nous n'avons même pas à accomplir l'effort de dresser une tente : il suffit, l'heure du coucher venue, d'ouvrir la portière de la voiture et, du doigt, d'abaisser les dossiers des sièges avant; voici notre maison. Simplement, le premier jour, nous sommes réveillés si tôt par le soleil que je fais l'emplette d'une bâche pour occulter les vitres. Nous vivons en général en maillot de bain et quand je vois l'enfant debout à l'avant du bateau pneumatique, si bronzé déjà, ses cheveux blonds décolorés davantage par le sel et le soleil, je ne peux m'empêcher de sourire de plaisir et de fierté. Ses yeux bleus semblent plus clairs dans son visage au teint foncé. Il nous est arrivé de coucher dans la montagne au pied des sapins et, à l'aube, il faisait si froid que le contact de l'eau du torrent saisissait comme une brûlure. Mon savon à barbe ne moussait pas, ce qui faisait rire l'enfant. Nous avons couché sur le sable de plages. D'autres nuits, nous avons cherché abri dans des criques rocheuses, bercés par le bruit des vagues, non loin du maquis aux buissons odorants. Nous avons connu l'ombre des eucalyptus, des pins, l'odeur des feux dans le soir, comme en Afrique. Un matin, sur le quai d'un port, nous vîmes un pêcheur raclant de son couteau une coquille orange immense, à l'intérieur nacré, qu'on eût cru provenir des mers du Sud. Pascal voulut l'acheter mais, dans l'espace clos de la voiture, son odeur marine était si prenante qu'elle donnait la migraine. Le soir, campant à un col, il nous faut la déposer dehors, sous la carrosserie, pour pouvoir dormir. L'enfant s'inquiète et craint que des loups ne la volent. A coup sûr, des chiens errants rôdent dans la nuit autour de nous. Un orage éclate. Les éclairs sont si véhéments et les tornades secouent à ce point l'auto que je me demande s'il ne convient pas de mettre en route et de gagner un endroit mieux abrité. Au matin, nous découvrons la coquille à l'écart. Les chiens affamés, excités par ses senteurs violentes, l'y ont traînée. Elle n'est pas très abîmée.

Et, comme tout, dans la vie, finit par survenir à son heure, mais qu'en général elle sonne trop tard, nous finissons par découvrir « notre » plage, mais c'est trois jours avant de repartir. Je ne la cherchais pas. Au reste, si je l'avais cherchée, je ne l'eus sans doute pas trouvée. Sur une route de corniche, mû par un pressentiment, je roule de plus en plus lentement et soudain l'enfant, d'un cri, la main tendue, me désigne en contrebas une crique à la pureté polynésienne. Nous y accédons par un mauvais chemin et je descends de voiture pour ouvrir une barrière, manquant peut-être de délicatesse en entrant dans une propriété privée. Mais nous nous en expliquerons si quelqu'un vient. Nous voici au paradis. L'enfant gonfle le bateau tandis que je range la voiture derrière des buissons. Nous passons la journée en mer. Pascal pêche à la palangrotte. Nous resterons ici jusqu'à notre départ. Aussi, le soir, au lieu de plier l'embarcation, il nous suffit de la tirer sur le sable tandis que décline lentement le jour, illuminant l'horizon de lueurs pastel glorieuses. Un âne gris très doux vient se coucher près de nous. La mer est paisible absolument. Le clapotis sur la plage est à peine perceptible quand, ouvrant à son tour la barrière, un vieillard en guenilles s'approche et nous salue en levant la main droite en silence, comme font les Arabes au désert. Pensant qu'il s'agit du propriétaire et qu'il convient de le dédommager de notre présence intempestive, je prépare des billets dans ma poche en m'approchant de lui. A peine ai-je croisé son regard que je comprends que c'est une erreur : ce paysan pauvre parmi les pauvres fait partie des seigneurs. Il nous dit être heureux de nous accueillir sur ses terres et nous demande si la mer était bonne; tout l'après-midi, du haut de sa masure tapie dans la montage, il nous a regardés pêcher. Il lui a semblé convenable de venir nous saluer avant la nuit. Impulsivement, l'enfant lui tend les poissons qu'il a pris, enfilés par les ouïes sur une branche, par rang de taille. Le paysan accepte, remercie en souriant et, tirant sa blague à tabac, s'assied auprès de nous. Il roule patiemment une cigarette, lèche le papier pour le coller, puis tire son briquet. Celui-ci est taillé dans une cartouche de fusil de guerre.

— C'est une balle allemande, me dit le vieillard en me montrant qu'elle est arrondie du bout et non pointue comme celles de l'armée française.

Je fais mes compliments du paysage et, sans fausse modestie, le patriarche convient que c'est un des plus beaux de Corse. Je lui offre un verre de vin. Après l'avoir goûté, notre hôte accorde qu'il est bon, mais sans conviction aucune et sans cacher que seul celui du pays lui semble digne de considération. Il nous en portera une bouteille demain; il ne l'a pas fait ce soir, car il ignorait si nous accepterions de prolonger notre séjour. Voulons-nous du lait, le matin? Non merci; ce n'est pas la peine. Le vieillard désire-t-il nous accompagner demain à la pêche? Il se tait si longtemps que je me demande s'il a entendu et m'apprête à répéter ma question quand il me dit d'une voix lente que son fils s'est noyé pendant la guerre et qu'il s'est juré de ne plus aller sur mer.

— Y a-t-il des loups en Corse? lui demande Pascal.

— Il y a des hommes, petit. C'est pire. Quand j'avais ton âge, ma mère m'a dit qu'elle avait entendu la nuit dans le maquis hurler les loups. Mais moi je n'en ai jamais vu. Pourquoi me demandes-tu cela?

— Je m'intéresse aux loups.

— Maintenant, le temps des loups est fini. Comme les hommes aiment avoir peur, ils ont inventé d'autres sujets de crainte. C'est l'heure pour moi de rentrer à la maison. Si je peux vous être utile, vous demanderez le vieux Pierre.

— Mais s'il n'y a personne?

— Il y a toujours quelqu'un.

Le vieillard se lève et pose sa main sur la tête de l'enfant. Pascal déteste qu'on le touche et, d'habitude, s'écarte. Mais cette fois il ne bronche pas, puis un mouvement imperceptible de son cou le rapproche du vieillard.

— Je t'aime bien petit.

— Moi aussi.

— Si tu vois des loups, salue-les de ma part.

— Oui.

Le vieillard me tend la main.

— Quelquefois je suis fatigué. Je ne redescendrai peut-être pas. Mais je vous verrai partir. Prenez garde à l'enfant.

Il tourne les talons et s'éloigne lentement, courbé vers la terre infertile et desséchée. Nous le voyons gravir à petits pas la colline, puis il disparaît. Nous ne le reverrons plus. L'âne, près de nous, pousse un braiment très triste et, brusquement, c'est la nuit.

Nous passons de nouveau en mer la journée suivante. Et la seconde nuit sur notre plage, près du bateau tiré sur le sable, est aussi paisible que la première. Lentement rougeoient et s'éteignent les cendres du feu que l'enfant a voulu faire dans la soirée, en guise de signal destiné au vieux dans la montagne.

C'est le troisième jour, le dernier, que le drame se produit. Nous sommes au large et je somnole au soleil, distinguant sous mes paupières baissées les reflets rouges de la lumière. Je me sens bien et m'abandonne à la torpeur. De temps à autre, le clapotis me réveille et, ouvrant un œil avec paresse, je vois l'enfant assis sur le gros flotteur noir, les pieds dans l'eau, pêchant avec patience. Un nuage passe devant le soleil; les phantasmes de ma vue, de rouges, deviennent noirs, la fraîcheur subite me saisit et, avec un frisson, je me redresse. L'enfant a pris deux poissons. Brusquement, il pousse un cri et, de son bras tendu, me désigne le ciel presque au-dessus de nos têtes. Sur la surface grise des vapeurs qui masquent le soleil éclate brièvement une lueur jaune, précise comme une tache de couleur. Nous n'entendons d'abord rien mais après quelques secondes, une onde de choc nous atteint, puis le bruit sourd, étouffé d'une explosion de l'autre côté du monde. Une courte risée de brise court à la surface de la mer. Décontenancés, nous regardons le ciel.

– Papa, tu crois que c'est une soucoupe volante?

– Tout peut arriver, mais c'est improbable.

– Regarde!

Au point où la tache jaune s'est effacée, aussi subitement qu'elle avait surgi, les nuages sont criblés de points noirs, comme un vitrage souillé de chiures de mouches. Mais les points ne sont pas immobiles : ils descendent lentement, en gerbe – petite nébuleuse néfaste – et certains s'effacent tandis que d'autres grossissent lentement en se rapprochant de la mer.

– Il me semble qu'un avion vient d'exploser.
– Tu crois que c'était un avion de guerre?
– Je n'en sais rien, mon petit.
– Les morceaux vont tomber sur nous.

C'est exact. Tirant sur la ficelle du démarreur, je mets en marche notre moteur hors-bord, qui part au premier appel. Je m'éloigne lentement.

– J'ai froid, dit Pascal, serrant ses épaules dans ses mains.

Je lui lance son chandail et il l'enfile tandis que je continue à observer les cieux maudits. Tout à coup, une comète, suivie d'une chevelure de feu, dépasse tous les autres débris dans leur chute et se précipite dans la mer avec un grondement furieux dont le son s'amplifie à mesure qu'elle se rapproche de nous. C'est un moteur à réaction toujours en marche qui, traînant avec lui des débris d'aile, fonce en rugissant. Il s'engloutit dans les vagues en provoquant une gerbe d'écume, dans un bruit formidable de grésillement. Puis les cercles d'écume s'estompent lentement tandis que, plus loin, d'autres points noirs aux formes indiscernables disparaissent à leur tour dans les eaux. On ne distingue pas de signe de vie. Avec une grande majesté, un large morceau d'aile descend en vrille, planant avec une apparence de lenteur, comme une feuille morte. Parvenu à cinquante mètres d'altitude, il bascule et plonge comme un couteau, fendant la mer d'un seul coup telle une hache, presque sans éclaboussure. C'est alors que nous distinguons le parachute fatal. Les morceaux de métal descendant en chute libre ont déjà disparu tandis qu'il se balance encore assez haut, gai et mystérieux. Il est divisé par quartiers rouges et blancs.

– Je ne comprends pas, dit Pascal qui le regarde fixement, les mains en visière au-dessus des yeux. Ce n'est pas un homme qui descend.

En effet, ce n'est pas un homme; c'est pire. Saisi par un mauvais pressentiment, je n'ai pas le cœur de plaisanter l'enfant sur son leitmotiv en lui disant que ce n'est pas un loup non plus. On distingue vaguement un cylindre de métal. Mais quel peut être cet objet inconnu, si précieux que ses dispositifs de sauvegarde, à bord de l'avion, l'emportent sur ceux que l'on a prévus pour les hommes, au point qu'après un cataclysme auquel nul n'a survécu il peut encore, sous son parachute ouvert, poursuivre paisiblement son voyage? Comme il se dirige vers nous, je donne instinctivement plus de gaz au moteur de notre embarcation, pour m'écarter plus vite du point de chute. Sous l'accélération, le bateau de caoutchouc noir commence à taper violemment sur les vaguelettes et, pour ne pas perdre l'équilibre, l'enfant s'accroupit au fond sur le caillebotis de bois. Mais la brise, avec une malice cruelle, accroissant son souffle, infléchit aussi la trajectoire de la bombe, que sa chute oblique rapproche toujours de nous. Nous volons sur l'eau tandis qu'elle tombe sur nous. On la voit mieux maintenant. On distingue, sur la paroi de tôle grise, des lettres et des chiffres tracés à la peinture blanche et rouge, au pochoir. Plusieurs panneaux de métal ont été arrachés par l'accident et des fils électriques, des tripes de machines pendent par les fentes. Cet objet est brisé, éventré. On aperçoit un chapelet de boîtes métalliques noires, disloquées. L'enfant, debout devant moi, les regarde. Une extrémité du cylindre est arrondie. Dans l'ensemble, il ressemble par sa forme, oui, il ressemble à la balle de fusil étranger qui servait de briquet au paysan corse. Enfin, au moment où il approche à nous toucher, où je crains vraiment que, par une coïncidence aberrante, sur l'étendue infinie de la mer, il s'abatte sur nous seuls, comme s'il nous visait, une rafale miséricordieuse de vent soulève le parachute. Il passe au-dessus de nous comme un cerf-volant, nous couvrant un instant de son ombre, et s'abat à quelques dizaines de mètres. Les eaux l'engloutissent. Machinalement, je coupe les gaz. Le canot court sur son erre et Pascal, se redressant, ajuste sur ses yeux ses lunettes sous-marines et, debout sur le flotteur noir, s'apprêtant à plonger, me demande si je lui permets d'aller reconnaître l'épave. Je le lui interdis. Je me sens glacé. Dieu qu'il fait froid, en ce si bel été! Je regarde à quelle distance nous sommes du rivage. Il nous faut dix minutes pour rentrer. Après cet intermède foudroyant, il semble que rien n'ait eu lieu. La lumière grise, triste et sauvage, qui a baigné toute la scène a fait place de nouveau au libre soleil de juillet. En un instant, sans doute balayés par le vent, les nuages ont disparu du ciel, qui a retrouvé sa pureté sans égale et sa profondeur azurée, bleu lavande comme les jours précédents. Nous voguons vers la plage. La carrosserie gris argent de la grande voiture brille parfois, d'un reflet brusque de lampe électrique. Auprès d'elle, on distingue la tache grise de l'âne immobile. Le soleil, de nouveau, baigne le monde. Mais c'est le soleil du soir, qui ne chauffe pas.

4

Dans la civilisation moderne, tout événement finit par un constat. Aussi nous ne pouvons simplement nous rembarquer ce soir, comme il était prévu, à destination du continent; il nous faut auparavant prévenir les autorités de ce que nous avons vu. La gendarmerie du village est une grande maison ancienne de belle allure, en pierre apparente. Elle paraît déserte. On entre sans frapper. La pièce principale est peinte de couleur kaki et barrée par un comptoir de bois. Dans un cadre, derrière un grillage, une affiche montre un marin habillé de blanc par un grand couturier, sonnant de la trompette pour inciter les visiteurs à s'engager dans la marine royale. Je ne suis pas d'humeur à me laisser convaincre et demande à haute voix s'il y a quelqu'un. Une porte s'ouvre et une forte odeur de civet nous parvient; puis un jeune gendarme paraît, rattachant son ceinturon. Il me demande d'abord si je veux prendre un pastis et, comme je décline l'offre, m'explique posément qu'il a perdu sa femme et doit faire la cuisine quand elle réclame des soins délicats. Justement, aujourd'hui, il faut cuire un lièvre et le dosage des herbes odorantes est d'une importance extrême. Il les cueille lui-même dans le maquis. On ne doit pas oublier non plus le brin de sauge. Vraiment, le pastis ne saurait m'agréer?

Vraiment non. Je viens de voir exploser un avion, un objet d'outre-ciel tomber à la mer près de moi et je dois regagner Paris demain. Tiens donc? Peut-être faudrait-il coucher la chose par écrit? Peut-être en effet.

Avec un soupir de chagrin le gendarme quitte la pièce pour aller retirer son civet du feu. Sa journée est gâchée. Les travaux difficiles reprennent. Il empile soigneusement les formulaires jaunes de procès-verbal en intercalant des feuilles de papier carbone. Il m'explique qu'il utilisait naguère du papier carbone violet, écoulant un stock de son prédécesseur, mais que, grâce à ses relations en haut lieu, il a pu en obtenir du noir. Voyant que le sujet ne me passionne pas, il soupire derechef et commence sa rédaction. L'effort est grand et nous pesons le choix de chaque mot. Comment décrire le container suspendu au parachute? Le cylindre devait avoir environ cinquante centimètres de diamètre et deux mètres cinquante de long, à peu près la taille d'un flotteur de notre canot pneumatique. Tiens donc... De quelle marque est ce dernier? En effet, les « vacanciers » en ont souvent de tels. Est-ce que j'en suis content?

L'objet avait une extrémité hémisphérique, comme telle cartouche de fusil de guerre. La comparaison plaît au gendarme, qui la met par écrit in extenso avec une grande minutie. Cela prend un bon moment.

A mon avis, quelle était la nature de cet objet? Ce ne pouvait être un réservoir d'essence; il n'eût pas été muni d'un parachute. Et si c'était?... Oui, c'est peut-être bien, en effet... Ni l'un ni l'autre, nous n'osons nommer la « chose » fatidique.

— En Corse, gémit le gendarme... On aura tout vu.

Il me tend la liasse des formulaires à signer en me conseillant d'appuyer avec énergie le trait du

31

stylo à bille de l'administration : le papier carbone officiel est bien noir, mais malheureusement plus tout jeune et, assez couramment, les doubles de frappe sont peu lisibles. En effet, vérification faite, ma signature est déjà très estompée sur le second exemplaire et a tout à fait disparu du troisième. Il faut de nouveau apposer les signatures, une par une, cette fois. Le procès-verbal parviendra à la brigade et, si l'incident est jugé d'une importance suffisante, il « montera » jusqu'à la Préfecture. Je donne mon adresse et précise que, sans vouloir dramatiser l'affaire à l'avance, je désire être tenu au courant des suites de l'enquête. Mais c'est tout naturel. Seulement il n'existe pas de gendarmerie à Paris, n'est-ce pas? Ce sera la responsabilité de la police locale.

Durant cet intermède, l'enfant m'attend dans la voiture. Je sors lui demander de patienter quelques instants : nous avons bientôt fini. Il me dit qu'il n'est pas pressé.

Je retrouve le gendarme épongeant ses tempes avec son mouchoir après tant de surmenage; il tire d'un tiroir une carte d'état-major pour que nous précisions une dernière fois où nous campions.

— C'est bien ce que j'ai noté, confirme le militaire, soulagé, c'est la propriété du vieux Pierre. Vous l'avez vu?

— Oui, il est très aimable.

— Vous avez de la chance. C'est un sauvage. D'habitude il accueille les gens le fusil à la main. Voyez-vous, il a fait la guerre dans les anciens temps.

— Il n'est pas le seul.

— Oui, mais lui, cela ne lui a pas plu. Vous savez comment se nomme ce golfe?

— Non. Nous avons choisi l'endroit en passant. Je n'avais pas de carte.

— Ici, nous disons « porte », souvent. Cette crique

32

porte un nom italien, voyez-vous? On la nomme le port *della morte*. Vous avez compris?

– Oui.

– J'ignore l'origine de ce nom. Cela veut dire le port de la mort, n'est-ce pas?

5

Della morte est une locution italienne. « H bomb », c'est de l'anglais. Mais le mot « colère » est français.

Nous rentrons à Paris. Nous retrouvant à la maison, bronzés, il nous semble revenir de très loin. L'enfant sent aussi que ce qui nous est advenu le dernier jour peut être redoutable; mais qu'il ne compte pas sur moi pour lui communiquer mes craintes!

Le soir, au dîner, il me dit :

– Papa, t'en souviens-tu, un jour, quand j'étais petit, tu m'as emmené dans une cathédrale, je ne me rappelle plus laquelle. J'ai vu pour la première fois un confessionnal et j'ai crié : « Oh, regarde l'ascenseur! »

– Tais-toi, Pascal, je ne souhaite pas avoir l'emploi de ce genre d'ascenseur-là.

– Mais je disais cela pour te faire rire.

– Allons dormir. Nous en avons besoin.

Mais bien sûr, une fois que je suis couché, le sommeil me fait défaut. Je me lève, classe mes papiers et retrouve un questionnaire qu'un ami psychologue m'avait conseillé de faire remplir à l'enfant, en un temps où je le trouvais triste et souhaitais prendre des conseils. Il s'agit des avatars d'un certain Paul et, après un début de phrase imprimé, l'enfant devait écrire rapidement la suite, par réflexe. Je suis frappé par certaines réponses.

3. *Lorsque Paul aperçut l'ennemi*, il appela ses loups.

6. *Quand Paul aura compris*, il le fera.

10. *Quand Paul aura le courage* de faire ça, il le fera.

22. *Si Paul avait le choix*, il le ferait.

36. *Quand je le pourrai*, je le ferai.

Quelle est cette rage de faire? Que s'agit-il de faire? Et pour quoi faire? Au matin, je le demande à Pascal, mais il ne sait pas me répondre.

Je donne des coups de téléphone pour avoir des nouvelles de l'accident de Corse, mais personne ne peut me renseigner. La seule donnée sûre est qu'aucun accident d'avion civil n'a eu lieu en Corse ce jour-là. Et, s'il s'agit de l'explosion d'un des grands oiseaux atomiques occidentaux, qui sans fin ni cesse tournoient au-dessus de nos têtes, je peux compter sur l'accord tacite de toutes les forces militaires pour nier l'évidence aussi loin qu'elle sera niable.

– Et si c'était une soucoupe volante? me répète l'enfant.

Ce serait drôle et cela nous changerait. Mais nous n'aurons pas cette chance.

– Tu sais que je pars camper avec les louveteaux dans trois jours, me rappelle Pascal. J'aimerais bien que nous allions voir les loups avant.

– Je crains de ne pas avoir le temps. Cet après-midi, tu vas chez le médecin. Puis je dois partir pour Londres. Je ne rentrerai que le jour de ton départ.

– Mais je ne suis pas malade.

– Je sais bien. C'est seulement par prudence. Même les champions, tu sais, voient leur médecin souvent.

– Tu crois que nous aurons des loups à nous, un jour?

– C'est difficile. J'ai peur que non. Pour quoi faire ?
– Ils nous défendraient.
– Contre qui ?
– Ils nous défendraient.
– Tu as peur ?
– Pas quand je suis avec toi.
– Il paraît que les loups n'ont jamais peur.

Un de mes amis, médecin, examine longuement l'enfant le jour même. Je l'ai prévenu de mes soupçons, malgré leur invraisemblance, mais on ne relève rien d'anormal. Le lendemain même, tandis que je suis à Londres, le médecin, comme convenu, passe à la maison et, sous prétexte de se faire donner par Pascal une leçon de conduite de la grande voiture, se rend avec lui à son bord dans la banlieue, à l'hôpital passant pour le mieux équipé d'Europe pour le traitement des accidents dus aux radiations. Les examens accomplis en manière de jeu ne découvrent pas non plus de symptômes alarmants, cependant que discrètement on examine au compteur Geiger la voiture sans découvrir de trace de contamination. Il est vrai qu'elle était beaucoup plus éloignée que nous du parachute mystérieux.

Je ne retrouve donc à Paris que des nouvelles rassurantes. L'enfant prépare avec entrain son sac pour le camp des louveteaux, Il a visité hier avec des amis le musée de la marine. Je lui ai rapporté de Londres un chaud manteau de marin, un petit duffle-coat en poil de chameau, dont les boutons sont formés de cabillots de bois dur. Ravi, l'enfant décide qu'il l'emportera avec lui pour étonner ses camarades. Il fait froid en Auvergne le soir et la nuit, même l'été.

Nous partons pour la gare et je reste seul.

6

Seul, ce soir, écoutant sans impatience venir les temps futurs – ils ne surviendront qu'avec une grande lenteur, là-bas, du fond des mondes, mais je ne suis pas pressé –, je ne ressens vraiment aucune envie de me distraire. Je désire moins encore me rendre au spectacle, et la perspective de voir des visages de connaissance n'éveille en moi qu'appréhension. Aussi je me souviens, ce qui est la vieille et sombre loi de ceux qui rassemblent leur courage pour ne pas s'enfuir, quand le destin les suit à la trace. Je me souviens.

Jadis, en Auvergne, quand j'avais quinze ans, mon père m'a regardé avec chagrin. Il venait de passer l'après-midi à bêcher la terre du jardin et j'avais taillé un morceau de bois en forme de coque de navire.

– Mon pauvre Laurent, m'a-t-il dit, je ne sais si tu es un marin; mais tu n'es sûrement pas un paysan.

Je me souviens que son ton de commisération me désobligea et que, tandis que je ne savais que répondre, il me sembla qu'il serait pour mon avenir d'une grande importance de pouvoir ne pas rester sur cette impression fâcheuse et, dans l'instant, mis au défi, pouvoir définir mon rêve. Avec étonnement, je m'entendis prononcer :

37

– Je suis un cavalier.

Mon père dut comprendre car, au lieu de plaisanter à mon propos, il me regarda avec insistance puis, les épaules voûtées, s'éloigna la bêche à la main.

Trente ans ont passé. Mais, sans y songer, j'ai fidèlement accompli ce que, ce jour-là, j'avais maladroitement et précisément énoncé. Et je n'ai pas fait davantage. Je regarde et je passe. Je ne souhaite pas changer le monde. Je ne pense pas, non plus, qu'il puisse procurer le bonheur à quiconque et, moins encore, à moi-même. Je l'aime comme il est. La rage humaine me touche peu. Je ne crois pas à l'utilité des entreprises. Au bout de chacun, on trouve également la mort. Quand on aura fabriqué des milliers d'avions, ils seront démodés et il faudra les jeter dans la mer. Il faut poursuivre son action, car c'est là discipline virile; mais, à coup sûr, elle n'améliorera pas l'univers. Elle n'aura servi à rien. Il faut jouer avec Dieu et non pas croire en lui. Rien n'est vrai. Tout est vrai. Je vais et je regarde.

La chance de ma vie a été de perdre ma femme. C'est bien triste à dire, mais il en est ainsi. Je suis en effet devenu adulte à ce moment, cessant une bonne fois de croire au bonheur, condition préalable impérieuse et terrible pour qu'on puisse, peut-être, rendre heureux ceux qu'on aime.

J'aimais ma femme. Il me plaisait d'avoir prêté serment. Je ne me sentais pas plier sous la contrainte; je n'éprouvais pas l'envie de renier ma parole. Un ciel, une maison, de la vigne sur le mur, un fusil accroché au-dessus de la cheminée, la suite paisible des jours semblables et toujours différents, ce décor que le théâtre social ouvre à chacun me convenait. Tout est prévu. Si vient le jour d'orage, si quelque ennemi se manifeste et menace la paix domestique, on décroche le fusil et l'on tire. On a le droit. On a toujours le droit. Si l'heure d'en finir est venue, le toit de la maison s'écroule violemment et l'on meurt en regardant son feu. La trame infinie des servitudes est le milieu parfait de l'homme libre. Il n'y sacrifie même par sa jeunesse. Depuis deux mille ans, les hommes de l'Ouest sont nourris, même s'ils le nient et surtout s'ils le combattent (ce qui revient à reconnaître sa force) par le mythe chrétien. Tout est prévu, même le sacrilège et le blasphème. Les révoltés sont libres et les fidèles aussi. Et celui qui donna le branle à ces temps nouveaux poussa la liberté jusqu'au paroxysme, puisqu'il accepta d'être crucifié plutôt que de se taire et que chaque jour, à la messe, des millions d'hommes célèbrent son supplice. Le maître fut l'anarchiste extrême : par avance, il dénia toute valeur à toutes les lois. Seul l'élan fou de l'amour, au secret du secret du cœur de l'homme, fut reconnu véritable. Marié, je consentais à tout; j'étais heureux comme un enfant. Cela ne pouvait durer toujours.

Mais tout prit fin bientôt. Après la mort de ma femme, je souhaitai mourir à mon tour. Malheureusement, je n'en avais pas encore le droit, puisque je devais assumer seul la responsabilité de l'enfant. Une grande douleur ne provoque dans l'âme aucune convulsion : seulement un vide immense. Le cœur de la victime, privé de sang, cesse de battre, ou bien se met à battre avec une violence, une vitesse frénétiques, comme fait, dit-on, le cœur des petits animaux placés sous une cloche pneumatique. Le malheur est cette prison de verre dans laquelle, sans oxygène, on s'essouffle à l'extrême. Les forces s'épuisent inexorablement. On perd le sommeil. Durant six mois, je ne pus dormir. Le sommeil m'avait fui absolument. De temps à autre, je prenais un narcotique, pour ne pas sombrer dans l'hallucination, mais les autres nuits, les yeux ouverts, j'attendais patiemment les matins et, si j'avais eu la patience de compter les minutes s'écou-

39

lant, en six mois, pas une ne m'eût échappé. Puis l'enfant avait trois ans. Il parlait, il marchait, et moi, j'avais survécu. Peu à peu, je retrouvai le sommeil. Ma tenace méchanceté à l'égard de moi-même me quitta : durant six mois, assez couramment, pour aller me battre en ville, gagner ma pitance et celle du petit, j'avais endossé celui de mes costumes qui m'allait le moins bien. Ce travestissement, cette contorsion m'agréaient. Ce temps s'acheva.

Et, surpris, je constatai bientôt que, maintenant, après ce redoutable baptême du feu, je réussissais en tout dans les affaires. Plus tard, j'en compris la pénétrante raison : tout aboutissait parce que je n'étais plus heureux. Auparavant, le bonheur formait écran entre le monde et moi. Maintenant désespéré, j'étais lucide. J'entreprenais sans désir; aussi je l'emportais. La vie me revint. Sur un seul point, coïncidence bizarre, je ne recouvrai jamais mes yeux d'avant. Je ne pouvais plus regarder la télévision. C'était physique; je ne la supportais pas. Si l'enfant allumait l'écran pour voir son émission favorite, je devais quitter la pièce. Il en est toujours ainsi à ce jour.

Mais l'agence de publicité que j'avais fondée peu avant la mort de ma femme – celle dont la mise en route m'avait empêché de prendre des vacances l'été où elle s'était noyée – prospéra d'un mouvement inéluctable. De même qu'avant cette cruelle épreuve mes efforts n'aboutissaient pas, sans que j'en puisse discerner la raison, de même aujourd'hui ils produisaient leur fruit de manière fatale, au point qu'il m'advenait de penser que moi-même je n'aurais pu l'empêcher, si le désir aberrant m'en avait pris.

Je n'étais pas devenu meilleur. Je n'étais pas devenu pire. J'étais devenu indifférent. On ne pouvait donc prendre barre sur moi. Pour cette raison, sans doute, on ne pouvait me vaincre. Je n'éprouvais aucune agressivité; je n'avais pas d'ambition.

Simplement, par dignité, par discipline, et aussi pour me réconforter, pour rassembler mes forces et ne pas tomber de lassitude, j'abordais toute conversation d'affaires comme si elle devait décider de tout, comme si elle promettait d'être la dernière, comme si je devais mourir ensuite d'un instant à l'autre et que le sort des armes dans cette brève action de guerre devait sceller mon destin de manière essentielle, irrémédiable. Aussi mon interlocuteur qui, comme tout le monde, se mouvait dans le non-destin, reculait-il, décontenancé par ma politesse implacable et pas même voulue. Le banquier qui, depuis plusieurs heures, cherchait à me rallier à sa proposition, me sentant enfin à sa main, énonçait son exigence définitive. Alors je le regardais en souriant – je souriais aisément depuis que je n'étais plus heureux, – et je disais non. Il s'enfuyait. Ma réputation grandissait avec l'importance de mes travaux. J'étais bien surpris.

Je vous le dis en confidence, – la recette est connue mais presque personne ne la met en application, car peu de gens sont malheureux de manière assez totale pour pouvoir le faire avec succès – : le soldat qui l'emportera sera celui qui ne croit pas à la guerre, mais qui se trouve disposé, *pour rien*, par caprice, par désœuvrement, à ne pas reculer d'un mètre, à se faire plutôt tuer sur place, parce que cela lui chante. Le sordide secret des affaires est infiniment simple : personne n'a d'avis très arrêté sur rien. On a des attitudes. Aussi l'entrée de jeu d'un homme résolu fait place nette et balaie l'échiquier. Je devins quelque peu notoire. On disait de moi que « j'allais de l'avant ». Or je ne bougeais pas. Mais les autres reculaient. Je n'inventais rien, mais mon idée semblait neuve, parce que les autres en avaient changé dans l'intervalle. Je disais toujours la même chose, mais comme chacun avait longuement dit n'importe quoi, ma même phrase, répétée pour la trentième fois, foudroyait par son évidence, enfin aperçue. Ces découvertes sont bien tristes. Mais leur efficacité est certaine.

J'achetai le château d'Hérode. Je commençai à m'y rendre presque toutes les fins de semaine, en compagnie de Pascal. Nous nous entendions comme deux frères. Je regardais prospérer mes affaires avec fatalisme. Je songeais qu'un jour, que je souhaitais prochain, – mais il pouvait être aussi bien lointain, je saurais attendre, – je mourrais, que l'enfant resterait seul. J'avais dû choisir entre le bonheur et la virilité. Ou plutôt la vie avait choisi pour moi. J'espérais que l'enfant pourrait, son jour venu (peut-être, pour une infime partie, par les suites de ce que moi-même j'aurais entrepris, par mon « écho »), pourrait quant à lui connaître à la fois l'un et l'autre, être grand sans cesser d'être heureux.

Ce serait un miracle. Mais je l'espérais.

7

Au courrier de ce matin, assez abondant, une seule lettre retient mon attention : celle dont l'enveloppe mal rédigée m'annonce des nouvelles de Pascal, venues d'Auvergne. La lettre d'un enfant, si bien qu'on croie connaître ce dernier, comporte toujours une bonne part d'imprévu. Cette fois l'enfant, sur sa feuille de papier quadrillé, est venu à bout de son texte sans trop de fautes d'orthographe, mais il l'a conclu d'une signature – PASCAL – en lettres majuscules de quatre centimètres de haut. Il me dit sa fierté, parce que sa meute de louveteaux se trouve camper non loin de chez nous à Hérode, au bord d'un lac où nous avons souvent été nous baigner. Mais il fait horriblement froid. Est-ce que je n'ai pas trop de travail ? Est-ce que je sais que le lac en question s'est établi dans un « cratère du Moyen Age » ? Les enfants ont trouvé un vieux paysan qui connaît des histoires de loups. Quand il était petit, un jour de chute de neige, il a été poursuivi par deux loups jusqu'aux portes de la ferme. On a entendu des hurlements toute la nuit et, au matin, ils avaient égorgé le chien. Ils ne laissent pas les mêmes traces que les chiens. Ils ont un ongle de plus. Plus exactement, un ongle atrophié chez le chien demeure chez eux suffisamment développé pour marquer son empreinte sur le sol. C'est intéressant, non ? Il fait très froid, bien plus qu'en Corse. Un louveteau est tombé malade et on l'a renvoyé à Paris par le train. Ai-je bien surveillé qu'en faisant le ménage dans sa chambre on n'abîme pas la grande coquille rapportée de Corse? C'est très important. Ai-je des nouvelles de l'avion que nous avons vu exploser?

8

Non, je n'en ai pas de nouvelles. Non, je ne sais rien. Aucun journal n'a mentionné un tel accident et les diverses administrations affirment ne rien savoir. L'ambassade américaine aussi. Ce n'est pas pour m'étonner : si l'avion abattu était un bombardier atomique du Stratégic Air Command, il n'y a pas de quoi s'en vanter.

Sur un plan moins grave, je suis une fois de plus surpris de la prédilection que l'enfant manifeste pour les loups. Il y met vraiment de la constance! Et, comme si, à distance, il m'avait suggestionné, la nuit suivante je rêve de loups moi-même.

Or je ne rêve que très rarement. Mais cette fois au réveil, je reste décontenancé par l'extrême précision de ma vision. Elle est bien étrange : je me trouve au cœur d'un paysage ne ressemblant à rien que je connaisse, évoquant seulement des photographies de l'Afrique centrale qu'il m'est arrivé de voir. De hauts rochers gris, dans l'éloignement, dominent les feuillages des arbres qui nous entourent. Car je ne suis pas seul. Verdun m'accompagne. Nous roulons lentement le long d'un grillage, à bord de la grande voiture. Pourtant je ne me souviens pas que Verdun soit réellement monté avec moi dans cette voiture : quand j'arrive à Hérode, je la rentre au garage, et Verdun n'est pas venu nous voir à Paris. C'est un Auvergnat, du village de Razac, à trois

45

kilomètres des tours d'Hérode. Enfants, nous avons pêché des écrevisses ensemble. Adolescents, dans le maquis, à la fin de la guerre, nous avons fait dérailler quelques trains. Il doit son surnom à son père, ancien combattant acharné qui portait toujours le drapeau du village lors des cérémonies du 14 Juillet et du 11 Novembre.

La moustache blanche abondante, il regardait l'horizon de ses yeux bleus d'un air de défi et, quand j'étais enfant, cela me faisait rire. Mais je cessai de rire quand je m'aperçus que le vieillard pleurait. Il parlait toujours de Verdun et un jour, au lieu d'emmener sa femme visiter Naples ou le tombeau de Napoléon, il la conduisit à l'ossuaire de Douaumont. Ils mangèrent force œufs durs avec des tranches de pain bis et de saucisson dans le wagon de troisième classe, mais tout de même le voyage éprouva la jeune femme enceinte, si bien qu'elle commença d'accoucher pendant la visite du fort de Vaux. C'est ainsi que le bébé, mon futur ami, fut à Razac surnommé Verdun. Il a aujourd'hui quarante-cinq ans, comme moi, et le visage d'un guerrier mongol. C'est un caprice de l'hérédité, car ses parents sont Français des plus paisibles. Mais on se souvient que jadis les Huns, après avoir été battus dans les plaines, ne sont pas tous repartis vers l'est. Certains se sont réfugiés dans les montagnes et, dans le Morvan ou en Auvergne, ils ont fait souche. Mon ami Verdun, quand il arrive à cheval à Hérode, semble un cavalier tartare de Tamerlan ou de Gengis Khan. Il a les yeux bridés, les pommettes hautes, la peau jaune et le poil bleu au menton. Ses joues sont imberbes. Dans une autre province, il effraierait les troupeaux, mais en Auvergne rien n'étonne. Quand j'ai acheté le château d'Hérode, il est venu me voir pour me demander de lui en confier l'entretien. Il en est le maître en mon absence. Et d'ailleurs aussi quand j'y séjourne.

Dans mon rêve, nous voici donc, lui et moi, en

pleine Afrique centrale, dans la grande voiture, roulant le long d'une avenue au sol goudronné où des becs de gaz se dressent de loin en loin.

Nous nous arrêtons sur le trottoir. Nous paraissons poursuivre l'accomplissement d'un plan. Où voulons-nous en venir? La voiture une fois garée, Verdun ouvre la malle – la fameuse malle tapissée de moleskine où l'on peut transporter les chiens – et en tire une échelle pliante en aluminium, une trousse d'outils et deux grands sacs de toile brune. Il place l'échelle à cheval sur le grillage au faîtage acéré que nous avons suivi longtemps, et l'un derrière l'autre, en silence, nous franchissons l'obstacle. Où sommes-nous? Des bouffées d'odeurs fortes nous assaillent. Cela sent l'étable. Ou, plus exactement, cela sent le fauve. Un rugissement de lion, tout proche, grave et tragique, déchire la nuit. Je tressaille. Près de nous, tout à coup, retentit un grand bruit d'ailes et un immense oiseau, marchant comme un homme, s'éloigne de nous à pas rapides. Verdun, devant moi, tâte un nouveau grillage, à larges mailles carrées cette fois, et place de nouveau l'échelle. Nous passons encore cette clôture, marchons dix mètres, enjambons un troisième grillage et nous trouvons dans l'espace libre. Tournant la tête, je vois à quelques mètres un chameau d'Asie, à deux bosses, qui nous dévisage avec placidité, sans cesser de mâchonner sa lèvre inférieure pendante, nous offrant le spectacle d'une lippe d'une rare laideur. Verdun me fait un signe. Je le suis et nous avançons vers des cages à ciel ouvert en façon de chenils. Dans celle de droite, une hyène marche en cercles. Elle a le train arrière très bas, comme atrophié, et le mouvement de ses épaules et de ses puissantes pattes de devant donne à sa démarche une allure dansante, celle d'un danseur qui va sur les pointes de pieds. Elle a un court museau noir renfrogné et des yeux brillants, féroces et stupides. Cette bête est immonde. Nous nous dirigeons vers

47

les cages de gauche. Le couple d'animaux qui les occupe se lève en silence à notre approche et, sans surprise, je reconnais des loups. Debout maintenant, parfaitement immobiles, ils nous regardent de leurs yeux d'or qui scintillent dans la nuit, sans impatience ni crainte. Verdun tire du sac d'outils des boulettes de viande et les leur lance. Ils les flairent mais ne les touchent pas et, relevant la tête, nous regardent calmement à nouveau.

– Nous sommes mal partis, me murmure mon équipier dans l'oreille. On vient de leur donner à manger. Ils n'ont plus faim. Je n'ai pas d'autre moyen de les endormir.

Verdun ajoute :

– Commence toujours à t'occuper de la serrure. Je vais réfléchir.

Je prends une lame de scie à métaux nue, sans bâti et, contournant la cage, commence posément à entamer la gâche de la porte de grillage. Avec une sûreté de main que je ne me connaissais pas, je laisse, d'une burette, l'huile tomber goutte à goutte sur l'entaille qui s'approfondit, pour atténuer le bruit de grignotement. Bientôt, tout ne tient plus que par une fibre de métal. Verdun, debout à mes côtés, me pose la main sur l'épaule pour me conseiller de m'arrêter. Du bras tendu dans la lueur de la lune, il me montre l'avenue où nous avons laissé la grande voiture. Un car de police, portant une lampe bleue sur le toit, comme les ambulances, la parcourt lentement, ralentit encore au niveau de la voiture puis, reprenant de la vitesse, disparaît.

– Finissons-en, dit Verdun en entrant dans la cage, un sac ouvert à la main.

Avec un mouvement du cou foudroyant, mâchoires ouvertes, un loup fonce vers lui. Verdun fait un écart imperceptible, comme un matador, et plonge, tenant le sac ouvert devant lui. Un loup, du moins, est prisonnier. Verdun, tenant le sac entre ses jambes pour le fermer par ses anneaux de cuivre, me tend l'autre piège de toile.

– Sois prudent; c'est la louve qui reste.

Mais je n'ai pas même le temps de prendre garde au conseil. Déjà la louve a sauté sur moi, m'a mordu à la main et a regagné l'angle de la cage. Verdun me prend le sac des mains et avance vers la bête en la regardant fixement dans les yeux. Il lui tient ces propos surprenants :

– On veut faire l'intéressante, hein? L'enfant ne sera pas content.

La louve le regarde et, Dieu me damne, il me semble qu'elle comprend. En tout cas elle ne bronche plus tandis que Verdun s'avance lentement vers elle et, bientôt, il l'enferme dans le second sac. En ayant clos l'ouverture, il me le tend.

– On s'en va. Ta main, ça ira?

– Ça ira.

Notre étrange chargement sur l'épaule, nous franchissons en sens inverse les grillages et parvenons indemnes à la voiture. Les loups ne se sont pas débattus. Ils se sont laissé porter comme des animaux morts. Verdun ouvre vivement la malle et dépose les sacs l'un près de l'autre.

– Je les libérerais bien, dit-il, mais nous ne pouvons pas prendre de risque. Si l'un d'eux s'enfuyait sur l'avenue, nous serions les fous du roi. Tu pourras conduire?

– Ne t'inquiète pas.

– Il y a du whisky dans la voiture.

Verdun ne destine pas l'alcool à nous réconforter, mais à désinfecter ma blessure. Ma main est en partie paralysée, mais je souffre peu. Les marques sanglantes des dents sont d'une grande netteté.

Verdun jette un coup d'œil dans le rétroviseur.

– Les archers reviennent. Laisse-moi faire.

La camionnette Citroën de la police arrive lentement à notre niveau. Elle est peinte en noir et blanc

49

et, sur le toit, près de la lumière bleue, le mot « police » brille face à la route comme une enseigne lumineuse. Elle stoppe à mon niveau, portière contre portière.

– Vous êtes en difficulté? Votre voiture était vide quand nous sommes passés tout à l'heure.

– J'étais à la recherche d'un dépanneur.

Le capot de la grande voiture est ouvert. Nous en voyons émerger une tête de Mongol coiffée d'une casquette graisseuse.

– C'est le delco, Monsieur, dit Verdun. J'ai réglé les vis platinées. Cela devrait partir maintenant. Voulez-vous essayer?

Et le mécanicien improvisé s'accoude au garde-boue, clef à molette en main, avec une paresse attentive, syndicale et désabusée.

Je donne un coup de démarreur. Le moteur ronronne doucement. Verdun repousse en arrière la visière de sa casquette, d'un mouvement du pouce noirci de graisse.

– Eh bien voilà, elle tourne comme une horloge.

– Je vous dois combien?

– Deux mille anciens francs. Vous me ramenez au garage?

– Avec plaisir.

Me penchant vers la droite sans quitter le volant, j'ouvre la portière du côté du trottoir. Verdun ferme le capot avec un fort bruit de tôlerie, puis monte s'asseoir sur la banquette avant.

– Vous voyez, Messieurs, dis-je aux agents, tout est bien qui finit bien.

Je souris au brigadier, le plus soupçonneux de la patrouille, qui occupe dans la camionnette la place à côté du chauffeur, tandis que les archers sans grade se pressent sur les bancs du fond. Je perçois, une fraction de seconde, sa réticence et sa dernière velléité de nous soupçonner. Mais, ne parvenant pas à définir son soupçon, il nous dédie un sourire

50

jaune et, de la main, fait à son chauffeur signe de démarrer. Ils s'éloignent.

— Ils ont pris notre numéro? demandé-je à Verdun.

— Penses-tu! Même pas.

9

Répondant à la lettre de Pascal une lettre exactement paternelle, je ne peux m'empêcher de sourire en songeant que je suis un père peu édifiant : je vole des loups en rêve.

Et, une réflexion sur l'invraisemblance de la vérité entraînant l'autre, je me demande, comme cela m'arrive parfois quand je suis à Paris, oui je me demande pourquoi j'ai naguère acheté les tours d'Hérode. Déjà, ce nom biblique est singulier. Quelle peut bien être la filiation, de ce roi de Palestine massacreur d'enfants, à un château féodal construit mille ans plus tard dans les monts du Cantal? Personne n'a jamais pu m'expliquer l'origine de ce nom de ma propriété. Il est vrai que, dans le pays, certains lieudits se nomment « la rodde », ce qui a sûrement un sens en patois, peut-être la source, et que nous devons peut-être bonnement la légende à un cartographe du XIXe siècle qui, entendant « des roddes », selon la tradition orale, écrivit : d'Hérode. L'Auvergne est un pays sauvage. On ne l'apprécie pas, on ne l'aime pas non plus, mais il arrive, heureusement ou malheureusement, qu'on procède de lui. Quant à moi, l'ayant trop connu, je l'ai haï avec une extrême violence, et cette haine m'a lié à lui, car je découvris plus tard qu'elle était une forme de l'amour. Un peu plus au sud, du sommet du Puy Mary, on voit les vallées diverger en cercle jusqu'à l'horizon comme les rayons d'une roue et l'on peut se croire au centre du monde. On est à coup sûr au centre de la France, dans le donjon, en haut du château d'eau, au point d'où les ruisseaux vont s'élancer vers les mers, à travers les mornes pays plats. Ce pays est convulsif. Ses ciels ont une immensité qui lui est propre. De fabuleux échafaudages de nuages s'en vont paresseusement vers les terres lointaines, peut-être celles où, selon la citation que je rappelais à Pascal, « on trouve le camphre, la cannelle et les perles ». Ici, on ne trouve rien. Le rocher, toujours, affleure. Mais ce n'est pas n'importe quel roc. Le basalte noir témoigne des grands conflits véhéments de la préhistoire, quand le sol était vitrifié par l'explosion simultanée de cent mille bombes atomiques. Ce survivant des guerres géologiques ancestrales a la dureté de l'acier; il est cent fois plus résistant que le calcaire des plaines. Quand l'homme de l'Ouest aura disparu, quand Paris sera réduit en poussière, après l'un des aimables conflits mondiaux dont nous avons le secret, les murs de quelque masure auvergnate demeureront debout, défiant les temps futurs.

Aujourd'hui, à fleur de terre, l'herbe recouvre en général ce rude squelette minéral. Une mélancolie profonde baigne ce cimetière ancestral où les vaines paroles se dissipent dans le vent. Mais l'herbe revient toujours. Chaque année, elle recommence à pousser dès que fond la neige. Au carrefour de deux vallées verdoyantes, auprès d'une rivière, est tapi le village de Razac. Je me nomme Laurent Ségur. De nombreuses générations de Ségur ont vécu et sont mortes en ce lieu. Je ne les aime pas. Toutefois, je procède d'elles. Mon enfance ne m'a pas laissé de bons souvenirs. On travaillait durement mais sans allégresse. La damnation de l'Auvergne est d'être triste de manière inexorable. Blaise Pascal l'a bien dit : l'homme s'acharne en vain sous le tournoiement fatal des planètes lointaines. Il ne s'envolera jamais. Il mourra seulement. Le dernier des paysans taciturnes de ces monts redoutables connaît ces lois sans appel. Son silence est celui de l'angoisse et de la résolution. Il demeurera debout jusqu'à la fin et, comme il aura regardé le soleil à son zénith, il regardera la mort face à face. Mais il n'y prendra aucun plaisir. Il mourra comme un loup, sans une plainte. Adieu.

Tout récemment encore, nul ne songeait à rendre plus aisés les travaux de la terre. Si la source se trouvait en haut des herbages en forte pente, c'était là que deux fois par jour on montait puiser l'eau pour les travaux de la ferme. L'idée de brancher un tuyau pour l'acheminer à l'évier ne venait pas. Mieux : elle eût paru inconvenante. Si l'on atténue la douleur humaine, ne risque-t-on pas de porter atteinte à sa propre grandeur? Il est dangereux de ruser avec la destinée. « Il est périlleux de vivre selon la loi d'autrui, dit la Bhagavad Gîta. Mieux vaut mourir selon sa propre loi. » Et l'on sait mourir ici, en tout cas, mourir debout, comme les arbres.

C'est d'ailleurs une excellente affaire : on gagne en effet de la sorte sa dernière demeure, le caveau de famille, où l'on n'a plus besoin de rien, tandis qu'on jouit de l'essentiel : le silence, le silence qui seul permet d'entendre les inaudibles voix de l'âme. Un caveau, c'est un fort en béton, enterré dans la terre. Toutes les attaques du monde échouent sur ses flancs. Il est bien difficile à prendre d'assaut. Les tristes messages de la civilisation moderne n'y parviennent plus. On n'y porte aucun courrier, l'argent n'y a pas cours, les percepteurs d'impôts n'y peuvent entrer, les militaires et les gendarmes doivent se taire à son seuil. Même au lance-flammes, on n'en saurait forcer l'entrée. Bien couché sur son étagère de béton, on n'est plus dérangé par personne. Le calme n'est pas rompu. On est près des siens, les seuls qu'on aimait ou qu'on n'aimait pas, dont on avait l'habitude en tout cas. Les cendres familiales gisent dans l'éternité. Qui ne rêverait d'une telle paix, pour échapper au tohu-bohu des imbéciles?

J'ai quitté ce pays. Je me suis battu dans les villes. J'ai acquis la sotte notoriété moderne. Je croyais avoir tourné le dos à la terre natale et à ses phantasmes austères. Ma famille n'y ayant rien possédé, sauf sa tombe, ayant toujours travaillé pour les autres, je n'y étais retenu par aucune tradition. Je n'avais pas de « bien », comme on dit, entouré de servitude. Et pourtant, dès que j'eus gagné suffisamment d'argent, j'écrivis au notaire de Razac et lui demandai d'acquérir pour mon compte les tours d'Hérode. Je fus récompensé de ma témérité; je ne les payai que la moitié du prix d'une maison modeste. La grandeur effraie les gens. Les tours d'Hérode se dressent sur une colline, forteresse naturelle, à trois kilomètres du village de mon enfance. On n'en connaît pas l'origine. Depuis la Révolution française au moins, et sans doute bien avant, la famille noble qui les fit construire a disparu et l'on ne se souvient même pas de son nom. C'est un assemblage de quatre tours rondes, disposées en carré, et si hautes, si proches l'une de l'autre que leur ensemble est lui aussi, au second degré, une tour. Il est trois fois plus haut que large. Les toits sont en lauzes, c'est-à-dire en pierres plates, si monstrueusement lourdes qu'il faut pour les supporter des charpentes renforcées, en cœur de chêne, impérissables. Le château borde l'à-pic. Un corps de bâtiment plus bas le prolonge. C'est là qu'habite Verdun. On y trouve aussi une grange et des garages. Sur les trois autres côtés, un haut mur longe la cour, au centre de laquelle se dresse un grand cèdre du Liban. Le notaire, qui est un poète, prétend qu'il a été planté au moment des croisades par le chevalier d'Hérode. Personne n'en sait rien. La grande porte charretière qui donne accès à la cour a été chargée de moulurations très élégantes, sous la Renaissance sans doute. Au contraire, la porte d'entrée du château, au pied d'une tour, est étroite et basse, surmontée d'une voussure gothique. Au fronton, on lit cette inscription : « Attends. Tu verras. » Le notaire encore prétend qu'elle ne saurait être antérieure au XVIIIᵉ siècle, car, sinon, l'on eût écrit : – *Tu voiras* –. Peu m'importe. Attendre est en tout cas une décision intelligente à toute époque. Cette tour par où l'on entre abrite l'escalier qui dessert tous les étages, jusqu'aux combles. Dans chacune des trois autres tours est une pièce ronde et, à chaque étage, l'espace central entre elles n'est qu'une seule pièce carrée plus importante. C'est ainsi que, malgré sa hauteur et ses trois étages, le château n'est finalement pas d'une dimension excessive.

Si je me posais des questions sur le bien que nous font nos séjours en Auvergne, et même, de manière plus magique, sur l'apaisement que nous apporte la possession des tours d'Hérode au moment encore où nous n'y sommes pas, je n'aurais qu'à songer à l'amour tout simple que leur porte Pascal. Il lui semble toujours que nous allons trouver le Saint Graal dans les caves voûtées d'un moment à l'autre et que, dès ce soir, le roi Arthur va se présenter à la porte pour demander l'hospitalité. Comme moi, sans que je lui en aie jamais donné le conseil, ce sont les objets auxquels il est attaché de manière essentielle que l'enfant emmène à Hérode. Il préfère les savoir là-bas en sûreté, plutôt qu'à Paris près de lui. Le problème, pour lui, n'est pas d'en « profiter », mais de les mettre à leur place, et il lui semble qu'elle est là-bas, dans la montagne, derrière les hauts murs, dans un décor à leur mesure.

Aujourd'hui qu'il campe avec les louveteaux à vingt kilomètres à peine de la propriété, je ressens l'envie insistante d'aller lui rendre visite. Mais ce ne serait pas convenable : il ne me l'a pas demandé. Il se trouve avec d'autres enfants de son âge, ses égaux, qui sans doute n'ont pas, durant ces vacances, l'occasion de voir leurs parents, et il serait de mauvais goût de distraire l'enfant de cette loi commune, de le « gâter ». Je ne l'ai jamais fait. Je ne le ferai jamais. Et je sais qu'il m'en sait gré, même si nous n'en parlons jamais.

C'est la règle du jeu.

10

Tandis que Laurent Ségur se penche ainsi sur ses souvenirs, en Méditerranée, sur la mer déserte, une assez importante escadre de navires de guerre se dirige vers la Corse. Les officiers de marine portent des uniformes blancs. Au-dessus de leurs têtes, en haut des superstructures, les écrans de radars, concaves comme des mains, tournent inlassablement, épiant le ciel au-delà des horizons. Au centre de la formation, l'un des croiseurs de guerre les plus modernes du monde dresse ses lance-fusées à têtes nucléaires, fabuleuses catapultes qui peuvent, comme la foudre, projeter la mort à dix mille kilomètres, avec une précision terrifiante.

Cependant il fait très beau. Les hélices, avec calme et régularité, tournoient dans l'eau profonde. Des avions à réaction d'escorte, passant comme l'éclair en grondant, on peut voir, jusqu'à l'infini, sous le soleil, miroiter la mer. Et, du haut des hélicoptères d'observation, les pilotes regardent les triangles d'un blanc pur, d'une parfaite régularité, des sillages, dont la pointe leur désigne, comme une flèche, le cap de la flotte de guerre : une crique de la côte de Corse que les cartes marines nomment le port *della morte*.

11

Quand on pense que je fais partie d'un des pays privilégiés de l'Occident – la France –, un des rares qui peuvent faire entendre leur voix, que dans ce pays je suis un privilégié moi-même, vivant à Paris, dirigeant une société influente et notable, et pouvant téléphoner de plain-pied aux quelque mille personnes connaissant – parfois – les réponses aux questions, et que pourtant, trois semaines plus tard, je ne peux toujours apprendre si, durant mes vacances, j'ai failli recevoir sur la tête une bombe à hydrogène ou un container de fer-blanc, on mesure la triste condition de l'homme moderne. A en croire les journaux, son « niveau de vie » s'accroît lentement mais sûrement, c'est-à-dire qu'il acquiert le droit d'acheter en quantité croissante la ferraille précaire fabriquée par les usines. Mais, pour ce qui est simplement de vivre, son espace libre, au contraire, se rétrécit. Jadis on mourait aussi par l'effet des guerres, mais au moins on voyait son tueur et l'on pouvait penser qu'avec de l'habileté dans l'art de l'escrime, ou du moins de bonnes jambes pour s'enfuir, on en pourrait réchapper. Mais quand la mort de toute une ville descend du ciel, pendue à un parachute rouge et blanc ?

Pensons à des sujets moins tristes. Précisément, après ces vacances en compagnie de l'enfant, j'avais envisagé avec faveur de devenir heureux. J'avais terminé mon stage.

Certes, une première fois, j'avais été heureux jadis en compagnie de la mère de Pascal. Pourtant mes affaires n'allaient pas, et plus tard je compris que c'était ma faute : je parlais. Je racontais mes soucis à ma femme. Ah, mes amis, ne parlez jamais! C'est là une hémorragie irrémédiable. Des dizaines de milliards d'hommes, déjà, ont tout manqué parce qu'ils en avaient parlé. Il ne faut jamais rien dire. Ils ont saigné leurs mots, et ils sont morts exsangues. Il ne faut jamais avouer. La déperdition de force provoquée par les paroles n'est pas mesurable, elle est infinie. Si la souveraineté s'en va aujourd'hui à vau-l'eau, c'est parce que tout le monde parle trop. Que vienne un muet : il gouvernera la terre.

De ce stade vraiment déplorable : le bonheur, et même, circonstance aggravante, le bonheur dont on parle, je passai pour mon salut au malheur et au mutisme. J'aimai le malheur à l'extrême. Sa sauvagerie, sa dignité, sa pudeur me convenaient absolument. Je lui dois le peu que j'ai appris. Il ne comporte qu'un seul risque : il peut griser. C'est un alcool trop fort. Une intelligence aussi totalement dénudée ne peut être assumée durablement sans grand risque. Mais quelle leçon! Quelle panacée, quelle pierre philosophale, quelle protection contre les pièges rustiques de l'adversaire que d'être malheureux jusqu'à l'os! Quelle force! Et même, si j'osais le dire, quel bonheur que d'être malheureux sans remède!

Je m'en fus contenté pour toujours, mais il faut croire que telle n'était pas non plus ma loi, car un jour vint, et précisément celui de mon départ en Corse avec Pascal, où je songeai, au réveil, que le temps du malheur avait déjà bien duré et qu'on pouvait se remettre à rire sans dommage.

Je ne peux dire combien j'aime les jeunes femmes. Elles m'éblouissent. Je suis prêt à dire ma prière devant elles, à baiser le bas de leurs mini-jupes. Tout est raté dans la vie moderne, sauf elles. Tout déçoit, à leur seule exception. Leur impudeur est la plus pudique du monde. Leur folie est la plus pénétrante qui soit. Quand j'étais seul et désespéré, traversant la vie en tenant mon fils par la main, je ne les regardais même pas. Je n'en ai courtisé aucune. Je ne disposais pas d'un surcroît de force pour le faire : seulement pour survivre, j'usais déjà mon pauvre capital de vitalité. Plus tard, ressuscitant un petit peu, je les voyais passer et j'y prenais le plus vif plaisir. Bientôt je découvris avec ravissement que je ne leur déplaisais pas. Elles aimaient les enfants et j'avais un enfant mais, surtout, j'étais un enfant moi-même. J'éveillais leur instinct maternel par mon extrême innocence et ma désarmante naïveté, moi qui pourtant souffrais depuis deux mille ans et avais déjà combattu à la guerre de Troie dans l'infanterie de marine. Ce contraste les touchait. Qu'on pût être aussi vieux et retors que moi et pourtant n'avoir pas dépassé l'âge de sept ans – comme c'était mon cas –, cela leur semblait distrayant au possible. Et, au fond, il ne s'agit en rien d'assujettir les gens ni de les émerveiller. Il suffit de les distraire. Ils s'ennuient tous, et celui qui rompt l'ennui sera le mieux aimé.

Ma modestie m'interdit de m'attribuer ce rôle, mais enfin, quelle ne fut pas ma joie doublée d'une exquise surprise quand je m'aperçus que, si je revenais distraitement dans le monde après ce long et terrible voyage, le monde, pour sa part, revenait aussi vers moi. Entre tant de jeunes femmes également irrésistibles – et je n'envisageais de résister à aucune d'elles –, comment choisir? Et pourquoi choisir?

Encore une fois, nous sommes victimes de ce que nous avons appris. Tout le gâchis du monde commence dans les écoles. On nous dit qu'Iseult aimait Tristan à la folie et que Tristan n'aimait qu'Iseult, au

61

point de ne pouvoir supporter là vue d'aucune autre. Rien n'est moins prouvé, personne ne l'a vu, les témoignages sont sujets à caution et tout laisse à penser qu'il s'agit d'une fable. Pourtant, avides d'être bernés, nous apprenons cet absurde récit par cœur et cherchons avec application à parvenir au même résultat. Mais pour quoi faire? Pourquoi chercher si loin? L'expérience quotidienne prouve même que c'est une erreur fondamentale. Si l'on n'aime qu'Iseult, Iseult se dira sans faute qu'elle est incomprise : son amour ne peut être aimé par d'autre qu'elle. Il ne le tente même pas. C'est donc à coup sûr qu'il n'est pas aimable et elle s'empressera de ne plus l'aimer. Pour avoir été fidèle, on se retrouvera abandonné.

Les femmes doutent de leur propre jugement et ne s'absolvent elles-même d'aimer que ceux que les autres femmes adorent également. On ne peut plaire à une seule, exclusivement choisie, de ces créatures incohérentes. Il faut plaire à toutes ou à aucune; c'est la loi.

Et pourquoi protester? Ce n'est pas une loi cruelle. La vie est absurde, mais aussi plaisante. Elle n'est redoutable qu'à celui qui la redoute. La consolation moderne, c'est la société des jeunes femmes. Si tout s'en va vers sa fin, elles recommencent toujours et l'on en voit toujours de jeunes. Elles portent de petites bottes et des jupes très courtes. Puisque nous en sommes aux confidences, je vous signale que ces robes très gaies, orange ou vertes, s'ouvrent du haut en bas par une seule fermeture éclair, que le mode d'ouverture des soutiens-gorge blancs est bien plus facile à trouver que le secret d'Œdipe, et que les bas slips sont un sous-vêtement gracieux. Voir Naples et mourir. Voilà qui est vivre. Pourquoi choisir? Elles sont toutes exquises. Elles « savent le latin » comme on dit des taureaux de corrida, et ce latin-là est bien plus attrayant que l'autre. Elles ont de petites autos blanches, de marque italienne ou anglaise et il suffit de les suivre en poursuivant vers l'ouest dans l'axe des Champs-Elysées pour se retrouver à leurs côtés au bord de la mer. Voilà le sage divertissement du cavalier. Et que dis-je divertissement ? Il s'agit de l'essentiel.

12

Après avoir tenu ces fermes propos, Laurent Ségur tomba amoureux comme un enfant, à l'âge de quarante-cinq ans.

13

Je connaissais Victoire depuis dix ans. Mais jamais rien n'était advenu entre nous. L'heure n'en avait sans doute pas encore sonné. Simplement, si je laissais passer plusieurs mois sans lui téléphoner, c'était elle qui m'appelait. Et si, durant longtemps, elle m'avait laissé sans nouvelles, je sentais tout à coup qu'elle me manquait et je l'invitais à dîner. Nous parlions peu, nous comprenant à demi-mot. Nous devions, je pense, avoir tous deux le pressentiment qu'un événement surviendrait un jour, pour nous lier de telle sorte qu'il fallait, dans l'intervalle, éviter de laisser dresser entre nous des obstacles.

Elle a vingt-huit ans, est rédactrice dans un journal de mode féminin et ressemble à Pascal. Par quel caprice de la nature, je ne sais, mais le fait est que son visage possède, avec celui de l'enfant, un air de famille. Tous deux ont des yeux bleus, tandis que ceux de ma femme étaient bruns. On y peut lire un étonnement très calme, de l'humour, à l'égard de soi-même de préférence, mais aussi le consentement par avance au lendemain, aux années futures, aux destinées imprévisibles et calmes. On y voit encore la timidité de ceux dont la résolution est trop grande, trop intense et qui ont résolu, par prudence, par modestie, de ne jamais en accuser le cours. Ils sont heureux, mais leur désespoir est à fleur de peau. Ce sont des personnages purs et

65

tragiques, à qui rien de vulgaire ne peut advenir. Ils échappent à toute contrainte. Qui voudrait prendre barre sur eux ne rencontrerait pas de résistance apparente mais, au moment de les forcer, les verrait se dégager avec souplesse, d'un mouvement irrésistible, et passer outre. Le corps de Victoire est resplendissant. Il se meut dans l'air avec l'aisance d'un dauphin dans les eaux. Ce soir, elle est venue me voir.

— Comment va ton fils?

— Bien; il s'intéresse aux loups et, pour le moment, campe en Auvergne.

— J'ai dû faire cet après-midi la critique d'un livre de psychologie, et j'ai appris quelque chose qui t'amusera. Tous les enfants de moins de sept ans sont schizophrènes.

— Je ne comprends pas.

— Je veux dire que pour eux l'imaginaire et le réel se confondent, ce qui, chez les adultes, ne se rencontre plus que chez les fous.

Nous nous sourions.

— Mais dis donc, ce n'est pas bête?

— Je crois que c'est tout à fait génial en effet.

— Le triste est que nous avons passé l'âge.

— Pas sûr.

Et tout à coup tout arrive, qui n'était jamais arrivé. Le feu du ciel s'abat et nous tombons dans les bras l'un de l'autre. Nous nous embrassons, nous serrons l'un contre l'autre, comme le lierre étreint le tronc. Il faudrait une hache pour nous séparer. Nous ne disons pas un seul mot. Un moment plus tard, nous convenons de partir pour Hérode passer le week-end.

Nous venons de quitter le restaurant. La grande voiture roule de nouveau vers le sud. Victoire allume une cigarette.

— Sais-tu que je suis très intimidée d'aller pour la première fois dans tes terres?

— Et moi donc!

Nous éclatons de rire tous les deux.

– Je suis même intimidé doublement : d'abord parce que je t'emmène. Et puis je suis de toute façon intimidé chaque fois. Cette maison est beaucoup trop belle pour moi.

– Et pourtant elle te ressemble?

– En tout cas, je tâche de lui ressembler.

– Parle-m'en. Ainsi nous nous y habituerons tous les deux.

– C'est une tour. Tout est en hauteur.

– C'était très démoli?

– Pas du tout. Pourtant cela appartenait, aussi loin qu'on s'en souvienne, à des paysans qui ne l'entretenaient guère. Mais l'architecture est si simple, tu verras. C'était un rocher, une colline, ça ne s'usait pas.

– Décris-moi l'intérieur.

– A chaque étage, il y a une vaste pièce carrée, avec une grande cheminée, et trois pièces rondes. Seule la salle du rez-de-chaussée, dallée de pierre, est voûtée. Au premier étage, les chambres; au-dessus, l'étage de Pascal.

– Avec une salle de jeux?

– Oui, un train électrique tout installé.

– On y jouera?

– Si tu veux. En haut, c'est la bibliothèque. Livres, boiseries, plafond à grosses poutres.

– Et tout en haut, il y a un chemin de ronde?

– Oui, avec des meurtrières. La vue porte à cinquante kilomètres.

– Tu as un parc?

– Non. La montagne. Forêts en bas. Sapins. Herbages déserts sur les crêtes. Plus loin, le voisin, le père Vernet, élève des chevaux sauvages.

– Comment est-il?

– Don Quichotte moins le casque et plus le chapeau auvergnat noir à bords plats, tu sais, le genre andalou. Grosse moustache gauloise blanche. Noblesse émaciée et triste.

67

— Et toi, qu'est-ce que tu cultives?

— Rien du tout, tu penses. Du temps et de l'argent perdu. Parfois, on coupe ce qui dépasse. Les grands jours, on abat un arbre. Les cheminées consomment beaucoup de bois. On jette les cendres au pied des arbustes. Ça les fait pousser.

— Qui tient ta maison?

— Marinette, tu sais, la mère-grand des contes. Mais elle est chez son gendre. Et puis Verdun, dont je t'ai parlé; mais il est en vacances. Nous serons seuls.

— Je préfère.

— Moi aussi.

Nous ne disons plus rien. Victoire pose sa main sur la mienne, sur la banquette, et nous demeurons liés par nos mains pendant assez longtemps. Puis, alors que la route monte dans la montagne et devient plus sinueuse, je dois me dégager, pour tenir le volant des deux mains. A mesure que la route s'élève, les arbres peu à peu deviennent plus rares et l'on dirait que le paysage s'agrandit, tandis que l'air devient plus pur. D'un horizon à l'autre s'étend le moutonnement du désert d'herbe, seulement ponctué par les taches des gentianes, à peine plus hautes que l'herbe. Victoire ouvre la vitre de sa portière, pour respirer mieux. Comme le moteur de la grande voiture est presque silencieux, on entend par moments, porté par le vent, le tintement lointain des clochettes des troupeaux de vaches qu'on aperçoit, près de leurs parcs, accrochées au flanc des montagnes, comme des colonies de fourmis rouges.

14

Au large du port *della morte*, en Corse, l'escadre de guerre a mouillé ses ancres. Aussitôt des hommes-grenouilles ont été mis à l'eau, vêtus de combinaisons de caoutchouc noir, et ont disparu dans les profondeurs de la mer. Des embarcations jaunes aux formes surprenantes se dispersent sur un vaste espace. Un petit navire muni de grues s'avance plus près de la plage et commence à immerger des engins. Sur la route de corniche, des gendarmes motocyclistes empêchent les touristes de s'arrêter pour observer l'armada. Un journaliste est éconduit. On lui dit que ce n'est rien : il ne voit que des bateaux cartographiques procédant à des sondages des fonds marins. Cela n'a aucun intérêt.

15

Au même moment, ayant pris le virage de la poterne, la grande voiture entre dans la cour d'Hérode. Elle stoppe devant la porte de la tour.

– Eh bien? demande Laurent.

– Encore bravo, comme dit la chanson. Je n'ai pas de mots.

Laurent embrasse Victoire sur la tempe et prend une clef dans la boîte à gants du tableau de bord.

– Tu vois, à Paris, cette clef est toujours là. Le savoir me prouve que je peux partir et me donne du courage.

Se tenant par l'épaule, Victoire et Laurent approchent de la tour.

– « Attends, tu verras », lit Victoire. Tu as attendu?

– En tout cas, je te vois.

– Très bonne réponse, Laurent.

Laurent allume le feu dans la grande cheminée. Victoire s'est lovée, les jambes repliées sous elle, dans le grand canapé de cuir noir, comme si c'était sa demeure habituelle. Laurent lui apporte du café puis, quand ils ont bu, la tirant par la main, la fait monter au premier et lui montre la chambre, sa chambre, aux murs tendus de toile à sac orange sur laquelle s'impose un unique tableau de primitif allemand au lourd cadre verni noir. Un visage

70

d'homme aux longs cheveux sourit avec mélancolie devant un paysage vert où l'on distingue une ville étrangement précise. Tandis que Victoire regarde le portrait, Laurent se change, enfilant un black-jean, un chandail noir et des bottes.

– J'ai à faire, dit-il, je reviens dans une heure.

– Va. Je suis fatiguée. Je me reposerai en bas.

Laurent repart pour Razac, fait des courses, dépose chez le garagiste la tondeuse à gazon, dont l'hélice a besoin d'être affûtée, rentre la grande voiture au garage. Revenant au château, il referme la porte au verrou derrière lui. Les voici dans un espace clos, leur royaume, séparé du reste du monde par des murs de plus d'un mètre.

– On est bien, n'est-ce pas? demande Laurent en s'étirant dans un fauteuil de cuir noir, ses jambes allongées devant lui.

– C'est peu dire.

– Quand je suis ici, tu sais, j'éprouve le sentiment d'être à bord d'un navire. Alentour s'étend la mer. Et de même qu'au capitaine son bateau, il me semble que la maison est le prolongement de mon être. Je sens autour de moi ses dimensions, mes propres limites. En ce moment, tu vois, à main gauche et à main droite, je perçois les deux tours nord et est, comme si je les touchais. Derrière mes omoplates sont les tours sud et ouest. Le carré est fermé. Si je tends les bras vers en haut, comme ça, tu vois, les paumes renversées, je soutiens le toit. C'est mon bateau.

– Et tu veux m'engager dans la marine?

Par association d'idées, la phrase évoque pour Laurent l'affiche de propagande montrant un marin blanc, dans une gendarmerie de Corse, et il s'assombrit. Il se lève.

– Ne parlons plus.

Victoire pose son livre et lui tend les bras. Mais Laurent lui donne seulement un baiser sur le front.

– Tu t'es bien reposée depuis tout à l'heure?

– C'est un miracle. *Je suis* reposée, alors que j'étais brisée. A Paris, il m'aurait fallu trois jours pour me remettre.

– C'est la magie de la maison, vois-tu. La sève des pierres est extrêmement froide, aussi la proximité de très grands murs apporte le calme, par osmose. Et puis les pierres ont une mémoire. Quand un mur a vécu mille ans, il rayonne son expérience.

– « Attends. Tu verras? »

– Exactement.

– C'est vrai que ta maison apporte de la force.

– Au Moyen Age, on la nommait un fort château. C'était une machine de guerre. Je n'y viens pas pour m'y distraire, mais y refaire mes forces. Une heure après mon arrivée, les soucis des affaires, à Paris, commencent à se dissiper. Au bout de deux jours, je reprends la route avec calme : je me dis que je n'ai, avant mon retour, à mener en ville qu'un combat de cinq jours, et qu'en cinq jours seulement on ne parviendra sans doute pas à me tuer.

– Quelle guerre avons-nous faite ensemble, déjà?

– Toutes, Victoire. Nous avons fait toutes les guerres. Cela ne nous rajeunit pas.

Et c'est vrai. Mais pourtant Victoire et Laurent sont jeunes, plus jeunes que jamais. Ils ont fait partie du bataillon sacré de Sparte et sont morts aux Thermopyles. Mais ils ont ressuscité. Ils ont fait la croisade et ont failli périr de soif dans le désert de Syrie. Ils ont été blessés sous les murs de Saint-Jean-d'Acre. Mais ils ont guéri. Ils sont tombés à Azincourt, mais ils ont ressuscité. Ils ont navigué dans les mers lointaines, phosphorescentes dans la nuit, à bord de nefs instables, et ont trouvé le camphre, la cannelle et les perles. Ils ont fait le tour de la terre et, partis par l'ouest, sont revenus par l'est. Ils ont combattu avec Rochambeau et ont été tués à Yorktown, dans la guerre de libération américaine. Mais ils ont ressuscité. Ils se sont réveillés au bivouac dans les matins glacés des plaines d'Allemagne, avec les régiments défaits du Roi Louis XV. Ils ont fait la retraite de Prague dans la neige, les membres à demi gelés, crachant le sang. Mais ils se sont réchauffés. Ils ont combattu avec Bonaparte et passé derrière lui le pont d'Arcole. Ils ont été foudroyés par mille canons au cimetière d'Eylau. Mais ils ont ressuscité. Au chemin des Dames, transis de peur sous le bombardement infernal, ils ont gardé leur sang-froid à grand-peine, puis se sont levés pour la contre-attaque. A Verdun, ils ont été recouverts par la nappe des gaz qui rendent aveugle et sont partis pour l'arrière à la file indienne, un bandeau sur les yeux, se tenant par la main comme des enfants. Mais ils ont recouvré leur regard. A Bir-Hakeim, dans un trou, la gorge desséchée, par le vent de sable, ils ont résisté jour après jour aux assauts et ont été foudroyés sur leur arme par la même rafale de mitrailleuse d'un avion en piqué.

Leurs drapeaux jumeaux, quelque peu effrangés par les siècles, déchirés par les balles étrangères, pendent sous les voûtes de l'hôtel des Invalides construit par le Roi Louis XIV. Mais de même qu'une nation, toujours, renaît de ses cendres, tant qu'il y reste un seul homme debout et qu'on y prononce un seul mot du langage d'autrefois, de même leur vie, simplement parce que leur cœur bat toujours, recommence à jamais, chaque jour, chaque fois plus ardente! Car toute heure nouvelle est chaque fois triomphale, pour ceux qui n'ont pas désespéré. Victoire et Laurent portent cent mille cicatrices mais leur âme est intacte. Ils marchent en terrain vierge. La chance nimbe leurs visages. La chance... le cruel bonheur accompagnant « ceux que les dieux aiment et qu'ils font mourir jeunes », comme disaient les Anciens.

La chance, c'est d'entendre battre son propre

cœur avec violence, d'être assis devant le feu dans une maison qu'on aime et qui vous ressemble, dans un grand canapé de cuir noir sur lequel est étendue, la tête sur vos genoux, la femme qu'on aime et qui vous ressemble. La chance, c'est de voir cette femme se redresser d'un mouvement des hanches, ôter d'un seul geste de ses bras souples son sweater de douce laine noire et s'étendre de nouveau, posant votre main sur son sein nu. La chance, c'est de rester ainsi en silence, sans bouger, sans même caresser ce torse si beau, écoutant seulement, dans ses propres oreilles, le roulement de tambour frénétique du cœur qui bat, haletant. La chance, c'est d'attendre ainsi sans mot dire, tandis qu'au-dehors les siècles s'écoulent sans bruit sur la mer calme, en proie seulement au sentiment déchirant d'être au monde, pendant que la nuit tombe. Et quand elle est entièrement noire, quand l'obscurité baigne toutes choses, ce qui fut et qui sera, la chance, c'est de monter dans sa chambre en se tenant par la main, de dénuder son corps dans l'ombre et, au-delà de toutes les guerres, au cœur de toutes les guerres, d'accomplir l'œuvre pour laquelle on a été créé, l'œuvre de chair, la plus belle qui soit et peut-être la seule qui compte.

Et que vienne la mort! Que tombe la foudre! Que la vie brûle et se brise! Que l'angoisse et le bonheur ne fassent qu'un, débouchant de concert dans un calme infini. Après l'action, on caresse doucement le modelé d'une épaule, on dépose un baiser léger sur la peau tendre de la tempe, là où commencent les cheveux fous, une main, avec une compréhension sans bornes, étreint une autre main, et l'on sait, jusqu'aux os, aussi loin que l'homme peut savoir, et l'on sait ce que nul ne peut apprendre mais que certains, par chance, découvrent.

Et quelquefois, par chance, on se réveille exactement à l'aube pour entendre le chant des oiseaux.

16

– J'ai froid, se dit Pascal. J'ai terriblement froid
sous ma tente et sans nul doute c'est le froid qui
m'empêche de dormir. Pourtant les autres dorment
et le froid ne les tient pas éveillés. Peut-être suis-je
malade? Mais, pour reconnaître s'il en est ainsi,
mon père a l'habitude de poser sa main sur mon
front. Je pose ma main sur mon front et je ne sens
pas la chaleur de la fièvre. Je ne sens pas les
tremblements de la fièvre. D'ailleurs je ne vois pas
pourquoi j'aurais de la fièvre. Je suis sûr que je n'ai
pas pris froid. Mais alors comment se fait-il que j'aie
si froid? Papa! Je meurs de froid.

17

Le soleil se lève sur le château d'Hérode et l'on entend le chant des oiseaux. Au même moment, il se lève aussi en Corse, mais au port *della morte* les oiseaux ne chantent pas.

A bord des navires de l'escadre mouillée dans la rade, c'est le branle-bas de combat, car on va tâcher aujourd'hui de remonter la bombe à hydrogène. On l'a repérée depuis plusieurs jours déjà, mais une tempête a remué les fonds et retardé le repêchage. Du modèle le plus récent, la bombe, en principe, ne peut pas exploser accidentellement. Des coupe-circuit sont disposés le long des fils de commande du détonateur. Supposé le contact établi, en attaque de guerre, il faut qu'éclatent des charges classiques d'explosifs TNT qui, dans une brutale décompression, déclenchent une bombe atomique miniaturisée qui à son tour provoque la fusion de l'hydrogène. C'est le plaisant bouquet final. La bombe ne mesure pas trois mètres de long et pèse moins de neuf cents kilos, le poids d'une petite voiture de ville pour jolie femme.

Elle gît dans la vase et les sous-marins jaunes d'exploration des profondeurs, munis à leur avant d'énormes pinces de homard, ont pu la lier de câbles. Un engin d'allure lunaire, son hélice embarrassée dans les suspentes du parachute flottant dans les eaux comme une algue, a été perdu. Les

76

officiers qualifiés qui le commandaient seront décorés à titre posthume. Leurs jeunes femmes verseront un pleur lors de la cérémonie officielle, devant les photographes, mais elles se remarieront bientôt avec des ingénieurs de l'industrie privée, promis au plus brillant avenir. Les formes élégantes de la bombe, cigare au bout hémisphérique, ont été plusieurs jours examinées au radar, à la lumière des projecteurs au verre souillé de vase. Le merveilleux produit de l'ingéniosité humaine a été, durant ces heures décisives, l'objet de curiosités nombreuses. Dans leurs forts bétonnés enterrés profondément sous la terre, des amiraux et des généraux de haut grade se sont inquiétés à son sujet. Cependant des jeunes femmes de grande beauté, en uniforme et payées de hauts salaires, passaient sans aucun bruit, portant des dossiers, et d'autres, sur d'immenses cartes en plexiglass, tenaient à jour le relevé des mouvements inutiles de nombreuses machines de mort, dans les airs et sous les eaux. Les amiraux lissaient du plat de la main leurs admirables cheveux blancs, souriaient avec une distinction infinie, et plus d'un mourrait bientôt d'un infarctus du myocarde, à la satisfaction unanime. Les chefs d'Etat avaient été avisés de l'avatar fâcheux, pour ne pas être pris par surprise, en cas d'explosion accidentelle, et plus d'un songeait que l'incident était regrettable. Les communiqués étaient prêts dans les ministères des Affaires étrangères, pour le cas où la presse aurait eu vent de l'affaire. Ils étaient modérés et du langage le plus châtié. On n'y eût pu relever aucune faute de grammaire.

Enfin les scaphandriers, aux câbles qui ont serti l'engin, attachent des filets et on hisse lentement le tout vers la surface de la mer. Tout se passe sans incident. Mais quand le long cylindre gris émerge au grand soleil de la Méditerranée, nul ne pousse de cri de joie et aucun marin ne lance son bonnet en l'air : ils sont vêtus de combinaisons d'amiante

77

et, à travers les hublots de leur casque, leur visage n'exprime aucune exaltation. Ils sont résolus et tristes. Quand on dépose l'engin sur le pont d'un navire, nulle trompette funèbre ne retentit.

Le danger revêt pourtant une intensité particulière, tandis que déjà les ingénieurs s'affairent. Si la périlleuse machine explose, si le beau cadeau de Noël fait éclater son bouquet, des millions d'hommes mourront, même en ces terres peu peuplées. Dans un cercle de plusieurs dizaines de kilomètres de côté, jusqu'à Calvi au nord, Ajaccio au sud, Corte et Vizzavona à l'est, tout sera pulvérisé et vitrifié. Ce n'est pas assez dire que tout sera détruit : on imagine alors des moignons, des ruines, des cadavres. Il n'y aura ni cadavres, ni ruine, ni vestige aucun. Il ne restera rien qu'un champ de cendre. Tout ce qui émergeait aura cessé d'être. La mer se mettra à bouillir. Aucune cellule vivante, animale ou végétale, ne survivra à la surface des terres et même jusqu'à une certaine profondeur. Au-delà de ce cercle, dans une chaleur volcanique, tout s'écroulera et brûlera. Sur la côte opposée de l'île, à Bastia par exemple, tout s'abattra dans les flammes. Les villes flamberont comme des torches. Les forêts ne seront que petit bois dans la fournaise. Les charpentes s'allumeront sous les toits des maisons. L'onde de chaleur portera la mort sur tout un département. Puis le souffle passera la mer. Les germes funèbres seront portés par les vents, s'ils viennent du sud, en Italie, en Espagne, en France. Si la brise vient du nord, c'est l'Afrique qui sera contaminée. Dans les deux cas, la Méditerranée sera empoisonnée. Au-delà, si l'on ne bénéficie pas de ces bienfaits, les maladies mortelles se répandront pourtant. Leucémie et cancer des os couvriront l'Europe, jusqu'à l'Angleterre, l'Allemagne, et l'Ukraine. On mourra au Portugal, on mourra en Belgique, en Hollande. Le sang pourri, des enfants tomberont en faiblesse et, transis de froid, devront gagner les hôpitaux. Plusieurs mois, plusieurs années plus tard, des millions d'entre eux mourront. Plusieurs générations après, les bébés naîtront encore, chez qui la probabilité de mort sera plusieurs dizaines de fois supérieure à la normale.

Ceux qui n'auront pas été désintégrés sur place, qui n'auront pas été brûlés à mort à quarante kilomètres de là, dont les yeux n'auront pas fondu en regardant les lumières joyeuses de l'arbre de Noël, cent kilomètres plus loin, ceux-là garderont leur chance : on mourra encore cent ans plus tard, des suites de cette petite fête industrielle et guerrière.

18

J'ai promis à Victoire de la déposer à la porte de son bureau à Paris lundi à dix heures du matin. Le trajet étant d'un peu plus de quatre cents kilomètres, que je parcours d'habitude en quatre heures, nous partons au lever du soleil, comme je le fais souvent. Il fait très froid, bien qu'on soit en été, et le paysage nimbé de brume, tandis que les lueurs saumonées du jour se lèvent derrière les crêtes, n'a pas son aspect coutumier. Il semble l'envers du décor, le visage caché du pays surpris dans son sommeil. Nous passons bientôt à quelques kilomètres du lac où campe en ce moment Pascal en compagnie de sa meute de louveteaux. Tous doivent dormir, pour plusieurs heures encore, nichés bien au chaud dans leurs sacs de couchage, sous les tentes mouillées de rosée.

Or j'arrive à la maison pour trouver le courrier que vient, dix minutes plus tôt, de monter le concierge, et la première lettre que je décachette vient d'Auvergne, de ce lac précisément : la cheftaine de Pascal m'avise qu'il se plaint du froid. Bien que sa température soit normale, elle juge plus prudent d'interrompre son séjour. Un aumônier étant venu visiter le camp et s'apprêtant à regagner Paris, il aura l'amabilité de se charger de l'enfant et tous deux arriveront gare d'Austerlitz demain matin à telle heure. Tout d'abord, je ne suis pas inquiet pour la santé de l'enfant, mais déçu par le contre-temps : je me trouvais moi-même là-bas ce matin, il y a trois heures et demie seulement et, si j'avais soupçonné que Pascal avait besoin d'aide, je serais si aisément passé le prendre que ce rendez-vous manqué m'attriste. Est-ce de mauvais augure ? Mon instinct a fait défaut : si l'enfant était malade, j'aurais dû le deviner dans ma chair. Je téléphone à la gouvernante de Pascal, à qui j'avais donné congé pour quelques jours. Elle est de retour et reviendra s'installer ici ce soir.

Le lendemain matin, à la gare d'Austerlitz, tant de monde se précipite sur les quais que je crains d'abord de manquer l'enfant et son mentor. Mais les voici. L'enfant est pâle. Je le serre dans mes bras.

– Alors, me dit-il, tu les a vus, ces loups ?
– Non. Je t'attendais.
– Eh bien, on va y aller.
– Tu as l'air décidé.
– Oui, mais j'ai froid.
– Il a froid, dit le prêtre.

Je le regarde et lui serre la main. Il a l'air d'un prêtre. Les gens – moi tout le premier – ont une attitude ambiguë à l'égard des prêtres. Ils aimeraient ne pas les fuir, mais leur société ne leur plaît qu'à moitié. Si les pauvres gens, pour se faire oublier, s'habillent en civil, on leur en veut de leur déguisement. Si, déconcertés, ils remettent leur soutane noire, on trouve qu'ils font triste et l'on s'en va. Le prêtre prend congé et je ne le retiens pas.

Pascal prend ma main et nous nous dirigeons vers la sortie. Tandis que l'enfant tend son billet à l'employé, je remarque un « bleu » sur sa joue. Je le touche du doigt.

– Tu t'es cogné ?
– Non, pourquoi ?
– Tu as une marque, là.

L'enfant va regarder son visage dans la glace d'un distributeur automatique.

— C'est vrai, dit-il en revenant, je ne comprends pas. Je n'avais rien hier; les copains ne m'ont rien dit.

— Et il ne t'est rien arrivé dans le train?

— Rien. J'ai dormi.

— Drôle d'histoire.

L'après-midi, tandis que je suis au bureau, le médecin, prévenu, vient voir l'enfant et ne note rien d'anormal. Il attribue sa sensation de froid à un peu d'anémie et prescrit des ampoules de vitamines. Le « bleu » ne retient pas son attention.

Le soir, quand je rentre du travail, je trouve Pascal, toujours vêtu en louveteau, juché dans la « maison » qu'il a installée, comme je l'ai dit, sur le faîte d'un placard du couloir. Je grimpe à l'échelle et l'enfant, assis en tailleur comme un Hindou, car la proximité du plafond ne lui permet pas de se tenir debout, me montre les trésors qu'il a rapportés d'Auvergne et achève de disposer sur les étagères établies par ses soins avec des morceaux de contre-plaqué. Je vois un crâne de petit animal d'un blanc parfait, soigneusement nettoyé par les fourmis, et dis qu'il s'agit sans doute d'un écureuil. L'enfant écrit « écureuil » sur une étiquette et me demande si cela prend un *k* ou *ch*. Sont encore alignés des cailloux divers, des plumes de pintade un peu effrangées et un horrible cendrier en porcelaine brune distribué par une marque d'apéritif. Il représente un chapeau auvergnat, dans le creux de sa coiffe les fumeurs sont censés déposer leurs mégots.

— Qu'en penses-tu?

— Il est affreux.

— Tant pis pour toi, je comptais te le donner.

— Je le veux bien tout de même.

— Trop tard, je vais en profiter pour commencer une collection. Mais tu n'as pas vu le plus beau.

Et, d'une petite boîte où elle gît sur un lit de coton, Pascal tire une véritable patte de poule sectionnée au jarret, où le couteau a dégagé plusieurs nerfs moteurs.

– C'est le paysan dont je t'ai parlé, tu sais, celui qui avait vu des loups autrefois, qui me l'a préparée. Regarde comme elle marche bien.

Et l'enfant me montre qu'en effet, lorsqu'on tire sur les nerfs, les doigts et les griffes se plient et se rouvrent à la demande.

– C'est sensationnel, hein ?

– Oui.

De l'œil, j'inspecte la tanière de l'enfant, que je n'avais pas vue depuis plusieurs semaines. Hormis l'apport des objets nouveaux, rien n'a changé. Une carte de la Gaule du temps d'Astérix le Gaulois décore le mur, au-dessus d'une rangée de crayons soigneusement accrochés à la paroi par rang de taille, comme les outils dans les ateliers des garages. On voit encore une collection de porte-clefs, qui promet d'être délaissée au profit de la collection de cendriers et un képi très haut, conique, avec des pompons, que quelque aïeul a dû illustrer à la bataille de Sébastopol, à moins que ce fût seulement en montant la garde devant la Chambre des députés. De toute manière, je ne vois pas d'obstacle à ce qu'il achève sa carrière en ornant les jeux d'un enfant. Enfin, à la place d'honneur sur une étagère de lavabo, je revois la fatidique statue d'Osiris peinturlurée et dis à Pascal qu'il peut la laisser bénir ses pénates jusqu'à demain, mais que je veux ensuite la revoir dans la vitrine. C'est d'accord.

Pendant le dîner, je remarque avec malaise que le « bleu » que l'enfant porte à la tempe, ayant foncé, est devenu presque noir.

Nous convenons d'aller voir les loups le lendemain.

19

Mais le lendemain la missive dont, depuis l'accident de Corse, j'appréhende la vue, arrive ponctuellement.

C'est un formulaire prescrivant que l'enfant et moi nous présentions, pour des examens pouvant durer plusieurs jours, à l'hôpital de banlieue dont je connais déjà l'adresse parce que, m'étant renseigné à notre retour, j'ai appris qu'il était spécialisé dans les traitements des irradiations atomiques. (Et j'y ai déjà envoyé Pascal sous un prétexte.) Aucun journal, aucune dépêche d'agence n'a toujours mentionné l'explosion de l'avion à laquelle nous avons assisté. Téléphonant, ce matin encore, à des amis dans divers ministères, je ne peux rien apprendre. Personne ne sait rien. Allons, partons pour l'hôpital. C'est tout de même aller à l'essentiel, puisque seule la santé de l'enfant m'importe dans toute l'affaire.

A l'heure convenue, nous nous présentons devant la façade de briques noircies de cet établissement qui présente toute la gaieté d'une prison construite sous Napoléon III.

— Qu'est-ce que qu'on va nous faire ? demande Pascal.

— Tu sais comment sont les médecins. Ils prendront notre température, nous feront peut-être quelques piqûres. Il n'y a pas à s'inquiéter.

— Je ne m'inquiète pas. J'ai seulement peur qu'ils

me volent ma patte de poule. Elle commence à sentir un tout petit peu mauvais.

– Tu ne m'avais pas prévenu que tu l'emportais.

– Elle est cachée dans le fond de ma valise. Ils auront du mal à la trouver.

Nous nous présentons dans un bureau où l'on remplit quelques formulaires puisque, encore et toujours, dans les temps modernes tout doit être enregistré. Et puis, malheureusement, on nous sépare, car les enfants bénéficient, dans cet hôpital, d'un service séparé. J'embrasse Pascal, qui ne me serre pas par le cou comme d'habitude, car sa main étreint fortement la poignée de sa mallette.

– Ils ne la trouveront pas, me dit-il dans l'oreille.

Je lui serre l'épaule en réponse, pour lui donner du courage, et il part bravement le long du couloir, auprès d'une infirmière à qui il a refusé de laisser porter sa valise. C'est une grande femme blonde et l'enfant, marchant près d'elle, paraît plus petit que sa taille. Je les regarde s'éloigner. Le couloir, jusqu'à deux mètres de hauteur, est tapissé de céramique blanche et, au-dessus, peint en bleu. Des tubes de néon dispensent une lumière froide et triste. L'enfant ne se retourne pas, tout à l'intérêt de voir où on le conduit et à sa résolution de défendre son fossile articulé. Le couple de la femme et de l'enfant n'en finit pas de disparaître. C'est une scène d'une tristesse à mourir, comme le dénouement d'un film antique de Chaplin.

Enfin ils parviennent au coude du couloir et je ne les vois plus. Je me retourne vers l'infirmière à la garde de qui on m'a moi-même confié et qui, avec compréhension et tristesse, a attendu avec moi la fin de la scène. Je la suis. Je passe deux jours dans une chambre, durant lesquels on me fait des prises de sang, des radios et l'on procède aux examens les plus divers. Le troisième jour, on me dit que tout va bien, que je ne suis atteint d'aucune lésion, que je peux partir. Je n'ai pu, durant mon séjour, obtenir de nouvelles de l'enfant mais, quand je demande où je peux le retrouver pour l'emmener, l'infirmière-major prend l'air gêné et me répond qu'il doit rester quelques jours supplémentaires. Elle me conseille, selon l'usage, de ne pas m'inquiéter. Je veux voir le médecin : il est parti. Je souhaite dire au revoir à l'enfant. Ce n'est pas possible. Le service des enfants est inaccessible aux adultes. Et d'ailleurs, c'est l'heure où les malades font la sieste. Alors Pascal est malade? Mais non, que vais-je chercher? Il est en observation, comme moi. Mais alors pourquoi n'est-ce pas fini? Pourquoi ne puis-je l'emmener?

On ne sait pas. Quand pourrai-je le voir? On ne sait pas. Je peux toujours, avant de partir, remplir au bureau, au rez-de-chaussée, un formulaire de demande de visite. La réponse sera-t-elle favorable? On ne sait pas. Qui décidera? Le médecin-chef. Où puis-je le joindre? On n'a pas le droit de donner son adresse privée. Mais à l'hôpital, puis-je lui parler? Je peux toujours essayer. Quand? A l'heure de ses visites. Quand vient-il? Ça dépend des jours.

Enfin, voyant que je n'obtiendrai rien ce soir et le principal étant tout de même de laisser dormir l'enfant plutôt que de me rassurer moi-même, je m'en vais, consterné et furieux.

20

Or j'ai eu tort de m'alarmer à l'idée qu'on séquestrait mon fils car, lorsque je reviens le lendemain, tous les barrages contre les visites sont miraculeusement tombés. Dans cet hôpital qui était hier une forteresse fermée aux visiteurs, on entre aujourd'hui comme dans un moulin. Le bureau est vide. J'attends en vain un employé pour savoir si ma demande a été agréée. Une infirmière passant près de moi, je lui demande tout simplement l'emplacement de la chambre de Pascal. Elle consulte d'autorité les fiches et s'offre à me conduire. Trente secondes après, bravant enfin les règlements, je suis près de mon enfant. La chambre est dans la pénombre et Pascal ne semble pas avoir mauvaise mine.

– Ils ne l'ont pas trouvée, me dit-il tout d'abord, d'un ton triomphal!

Tout à mon inquiétude, je ne comprends pas à quoi il fait allusion.

– Mais si, tu sais bien; la patte...

– La patte?

– Mais oui, la patte de poule auvergnate. Ils ne l'ont pas trouvée.

– Et tu vas bien?

– L'infirmière a mis ma valise vide dans l'armoire, mais j'avais pu la cacher avant. Elle est dans le tiroir de la table de nuit en fer. Tu veux la voir?

87

– Merci. Je te crois sur parole.

– Tu as raison. Elle sent assez mauvais maintenant. J'ai mis du mercurochrome dessus. Elle est toute rouge. C'est joli.

– Tu as vu le médecin?

– Oui, il a l'air très triste.

D'appréhension, mon cœur me fait mal, mais Pascal sourit.

– Il est vieux. C'est le même que le tien?

– Non. Le mien était jeune.

– Tu sais, je ne crois pas qu'il soit triste parce qu'on est malade. Il est seulement triste d'être vieux. Et Brigitte, tu la connais?

– Non. Qui est-ce?

– C'est l'infirmière. Elle est très gentille. Elle m'a promis un cendrier pour ma collection. En forme de chapeau breton. C'est comment, un chapeau breton?

– Avec de grands bords, comme un chapeau auvergnat. Mais la coiffe est ronde au lieu d'être creuse. Et il y a un ruban qui pend par-derrière.

– C'est beau?

– Non, pas tellement.

– En tout cas, ça complétera ma collection.

– Mes compliments.

– Oh! tu sais, dit modestement Pascal, je n'en ai encore que deux. C'est une petite collection.

Brigitte vient fermer les rideaux.

– C'est papa, dit Pascal. Je lui ai dit pour le cendrier.

– Seulement si tu es sage, répond Brigitte.

Elle est très jolie. Je lui fais signe que j'aimerais lui dire un mot dans le couloir et embrasse l'enfant sur le front.

– Tu reviendras demain?

– Oui, sauf s'ils ne me laissent pas passer.

– Passe quand même.

– J'en ai bien l'intention.

Non, l'infirmière ne connaît pas les résultats des

88

examens. Oui, elle aime Pascal; il est charmant. Non, il n'a besoin de rien. Oui, elle est de service demain et parlera au médecin. Non, ce n'est pas la peine que je laisse mon adresse. Elle n'aura pas le temps de me téléphoner. Mais je n'ai qu'à repasser le soir. Elle me dira ce qu'elle sait et surtout aura demandé au médecin quand je pourrai lui parler.

21

Le lendemain soir, changement à vue. L'hôpital est redevenu une citadelle. Pour une fois, tous les employés sont à leur poste. On me refuse l'entrée et, de nouveau, je ne peux pas voir Pascal. Mais Brigitte, la petite infirmière, a laissé sous enveloppe un mot pour moi au bureau : elle a parlé au médecin-chef, qui est d'accord pour me recevoir, à son cabinet personnel, à telle adresse, dans le XVIᵉ arrondissement. Je n'ai qu'à téléphoner à sa secrétaire pour prendre rendez-vous. Je téléphone, prends date, je viens, je suis assis dans un petit salon bibliothèque luxueux, en face d'un vieux monsieur à cheveux blancs.

Une fois de plus, l'enfant a bien jugé, – d'ailleurs il ne se trompe jamais. Cet homme est la tristesse même. Ainsi, par avance, il me désarme, car j'ai toujours trouvé dans tout bonheur une part prépondérante de bêtise, tandis qu'une tristesse infinie, accordée aux dures lois du monde, est hélas sans appel.

– Monsieur Ségur, les disciplines de notre hôpital ne sont pas plaisantes pour les malades, je le sais, mais elles sont inévitables. Si l'on faisait des confidences à chacun ou écoutait les doléances de tous, on n'aurait même plus le temps de soigner. J'ai demandé à vous voir car notre diagnostic paraît malheureusement incontestable. Il est simple et cruel : vous vous portez comme un charme, mais l'enfant est atteint d'une leucose aiguë.

– Je ne sais pas ce que c'est.

– Le public la nomme leucémie, à tort, car la leucémie est une maladie de l'adulte.

– Et c'est incurable?

– Je le crains.

– Et mortel?

– Je mentirais en vous disant que non.

– Donnez-moi à boire.

Le grand médecin se lève en silence et me sert un grand verre de whisky que je bois comme de l'eau. Il en boit un lui-même. Les verres sont épais, en cristal taillé. La pièce, tapissée de livres, donne sur une pelouse où se dresse un marronnier dont les feuilles jaunissent déjà.

– Rendez-moi l'enfant!

– Je n'en ai pas le droit.

– Voulez-vous que je le reprenne de force?

– Calmons-nous, Monsieur Ségur. Je veux simplement dire que nous pouvons tout de même le soigner.

– Je ne vous crois pas.

– Vous avez tort. Vous ne savez même pas en quoi consiste la maladie.

– Vous venez de me dire qu'on ne pouvait la guérir.

– Nous pouvons obtenir des rémissions importantes.

– A quoi bon?

– C'est assez, Monsieur Ségur! Je vais m'emporter à la fin! Savez-vous pourquoi je suis le premier spécialiste européen de la leucose? Parce que ma fille unique en est morte, il y aura vingt-trois ans à la Toussaint. Je n'ai cessé de travailler sur cette maladie depuis lors. Je lutterai contre elle jusqu'à mon dernier souffle!

– Vous croyez m'émouvoir?

— Cela m'est bien égal. Partez, si cela vous chante. Je soignerai l'enfant malgré vous!

— Et votre fille avait également vu tomber une bombe atomique pendant ses vacances, tandis qu'elle faisait des pâtés de sable sur la plage?

— Qu'est encore cette chanson?

— Rien, vous avez raison. Je déraisonne. Expliquez-vous, je vous écoute.

— Vous pouvez me taper dessus si ça doit vous soulager.

— Merci. Cela ne me soulagerait pas.

— Au point où nous en sommes... Les « bleus », voyez-vous, qui marquaient le corps de l'enfant, sans être pour autant consécutifs à un choc, m'ont d'abord alarmé.

— Je les avais remarqués.

— Et le petit malade se plaignait du froid.

— Oui.

— Il avait une courbe de température irrégulière, « à grands clochers », comme nous disons. J'ai fait faire une analyse de sang. Grand désordre globulaire, diminution massive du nombre des globules rouges et augmentation notable du nombre des globules blancs, avec dérèglement du pourcentage de leurs différentes variétés. Monsieur Ségur, je vous dis la vérité. Dès cet instant l'angoisse m'a saisi. Je pressens la leucose de plus loin que nul autre au monde.

— Mais vous n'en avez aucune preuve.

— A ce stade, je n'en avais pas, en effet. Mais nous avons recherché le diagnostic de certitude. Il consiste à prélever de la moelle osseuse dans un os facile à ponctionner, le sternum.

— L'enfant a souffert?

— Non. Je l'avais endormi. Là, voyez-vous, l'analyse de laboratoire a découvert sans contestation possible la cellule fatale, le myéloblaste. Le codage de la fabrication du sang est bouleversé. La présence de ces cellules monstrueuses oblige la moelle

92

à se consacrer à en fabriquer d'autres semblables au lieu de produire des globules blancs normaux. La rate grossit, devient palpable alors qu'elle ne l'est pas normalement. L'organisme s'épuise. Une anémie intense l'envahit. Elle ne peut plus se réparer. C'est la mort dans la prostration.

— Et vous croyez que je vais entendre cela de sang-froid?

— Vous pouvez crier si vous voulez. J'en ai vu d'autres. Regardez ce mur.

Je regarde le mur blanc. Son seul ornement est un grand crucifix ancien. Sur la croix de bois noir est cloué un Christ d'ivoire. C'est une œuvre du Moyen Age.

— Vous me croyez d'humeur à écouter des leçons de morale?

— Il ne s'agit malheureusement pas de morale, mais de destin. Prends ta croix et suis-moi.

— Pardonnez-moi! Je n'ai pas l'intention de suivre!

— Malheureusement on ne vous demande pas votre avis.

— Vous êtes un étrange médecin.

— Je suis un vieillard malheureux et fou qui a jugé plus sage de vous dire la vérité. J'ai pu me tromper.

— Non. Vous avez eu raison.

Je regarde le grand médecin. Il est impassible. Il ne sourit pas, ne pleure pas, ne compatit pas, ne se plaint pas. Il est au-delà, triste et calme comme le fond des mondes. Il a tant contemplé la mort face à face qu'elle ne l'effraie plus. Elle ne le trouble même pas, ne lui semble plus étrangère. Il la porte en lui.

— Mais pourquoi ne voulez-vous pas me rendre l'enfant?

— Je vous l'ai dit; je peux le soigner. Le traitement est commencé. Nous apportons à l'organisme des corps chimiques dont je vous épargne le nom, qui détruisent les myéloblastes. Ils sont d'ailleurs dangereux, agissant par toxicité cellulaire, mais produisent des effets impressionnants. Tout se normalise et l'enfant semble ressusciter.

– Semble?

– Hélas, nous n'avons encore pu réduire le processus secret de la moelle. Il reprend plusieurs mois plus tard.

– Mais on recommence le traitement?

– Il a moins d'effet. Il faut le reproduire de plus en plus souvent, il est de plus en plus inopérant. On ne peut conjurer l'issue fatale.

– Est-ce que l'enfant souffre?

– Jamais, à aucun moment. Il se croit seulement fatigué. C'est le seul aspect humain de cette abomination.

– Redonnez-moi à boire.

– Voici. Vous ne boirez jamais autant que je l'ai fait il y a vingt-trois ans. J'ai survécu.

– Je ne souhaite pas survivre.

– Personne ne le souhaite. Hélas, on survit quand même.

– Je m'en voudrais d'être indiscret. Mais il me semble que la franchise presque brutale dont vous faites preuve à mon égard n'est pas habituelle dans votre profession?

– On ne la rencontre jamais.

– Je vous en remercie. Je préfère encore savoir la vérité, si atroce qu'elle soit.

– C'est ce que j'avais pensé. Il se trouve, Monsieur Ségur, que je vous connais de réputation. J'ai pensé que vous auriez le sang-froid et le courage de regarder la réalité face à face et que les derniers mois de l'enfant pourraient être ainsi organisés par vous avec plus de sagesse.

– Car il s'agit de mois?

– Sans doute trois.

– Jusqu'à Noël?

– Environ.

94

– Que me conseillez-vous?

– Je vais vous le dire. Si j'ai demandé à la petite infirmière de suggérer au père de Pascal de venir ici, c'était pour avoir la latitude de lui parler jusqu'au bout. Pour mon dernier malade, je livrerai mes sentiments complets.

– Votre dernier malade?

– Oui. Après Pascal, je ne soignerai plus personne. Je prends ma retraite. Il se trouve que je suis moi-même atteint d'un mal incurable.

– Je ne sais que dire...

– Il n'y a rien à dire. Croyez-moi, je suis bien heureux de m'en aller, bien soulagé. Je n'en pouvais plus de vivre. Etant donné ce que nous voyons... Je vais donc garder l'enfant quelques jours encore et vous le rendrai apparemment guéri, ne s'inquiétant plus de rien, ayant retrouvé toute sa vitalité. Si vous pouvez vous libérer, je vous reverrai demain car, pour aujourd'hui, je dois maintenant regagner l'hôpital, et je vous expliquerai minutieusement comment surveiller l'évolution de son état. Vous devrez seulement veiller à lui faire prendre à heures fixes des comprimés que je vous donnerai.

– Mais, si la rechute est fatale, je devrai bien vous le ramener alors?

– Non.

– Comment, non?

– Oh! ce n'est pas un ordre, mais une suggestion. S'il s'agissait de mon propre enfant, je souhaiterais éviter d'empoisonner ses dernières semaines en le faisant dépérir, s'inquiéter, errer d'un examen de laboratoire à l'autre, d'un hôpital à l'autre, se doutant peu à peu de son état, angoissé pour finir, et tout cela pour rien. Je n'ai pas le droit de le dire, mais je le dis, une bonne fois, parce que c'est une certitude scientifique.

« Vous vous doutez, Monsieur Ségur, que je suis chrétien, puisque je vous ai tout à l'heure désigné ce crucifix. Si la loi finale est que l'âme soit sauvée, plus encore que le corps, nul n'a le droit d'abréger les souffrances d'un homme adulte, car elles sont peut-être l'instrument de sa rédemption. Un enfant n'a pas à se repentir. Il est toujours pur. Je ne peux donc admettre qu'on le laisse souffrir en vain.

– Mais que faire ?

– Considérez que vous venez de naître, en compagnie d'un enfant de dix ans, et que vous avez tous les deux trois mois à vivre. C'est long, trois mois. Vous auriez pu ne pas disposer d'un seul jour. Pénétrez-vous peu à peu de votre chance commune et profitez-en. Faites ce qui vous plaît. Amusez-vous. Soyez heureux.

22

Pas un instant, je n'ai douté de la sûreté de diagnostic de ce vieux fou qui était en effet – je me suis renseigné plus tard – mondialement célèbre. Il était trop triste. Quand on parvient à une profondeur aussi infinie de tristesse, on ne peut plus se tromper : c'est le dernier stade de la connaissance. A cette profondeur de douleur, on trouve l'infaillibilité.

Je quitte son cabinet, marche seul par les rues. Je suis calme, insensible, absent. Foudroyé. Tandis que je traverse une avenue, d'un pas lent, indifférent, un autobus s'approche de moi et, comme je ne dégage pas assez vite la voie, le chauffeur, d'un coup de klaxon, me rappelle à l'ordre. Fou de rage, en une seule fraction de seconde, je m'immobilise net et me retourne, hors de moi, vers la masse énorme de l'autobus qui, dans un gémissement de freins, s'arrête net à mes pieds. Je repars lentement. Le conducteur ne m'insulte même pas. Je n'ai pas agi comme un homme. Ce n'est pas mon regard qui, croisant celui du chauffeur, l'a contraint à stopper. Je n'ai vu personne. Le contrôle de mon corps, au contraire, m'a échappé. Il a agi seul, dans un soubresaut, férocement, animalement. Dans la moelle épinière et les muscles des épaules, la colère a explosé, nouant les nerfs dans une résistance frénétique. Je comprends brusquement, tout à coup mais pour toujours, pourquoi Pascal aimait tant les loups. Oui, le monde est fait de telle sorte que seul le loup a raison. Seul le réflexe du loup est celui de l'expérience. Le mariage souverain de l'indifférence et de la rage. Je souffre à ne plus pouvoir me tenir debout, mais je me tiens debout. Je n'envisage pas de pleurer, je ne songe pas à me plaindre, je ne désire voir personne. Si je suivais mon impulsion intime, celle qui nourrit ma colonne vertébrale, qui tremble dans la moelle de mes os, je ne pleurerais jamais plus – plus jamais –, mais je tomberais séance tenante à quatre pattes au milieu de la rue, et je hurlerais à la mort, tendant le cou vers le ciel, comme un chien, comme un loup blessé qui méprise vos plaintes. *Je ne vous aime pas, passants.* Je ne veux pas vous parler. Je ne t'apprécie pas, race humaine, si ingénieuse et dépourvue d'attraits. Je n'aime pas tes jeux sournois. Du jour où le premier homme, pour donner plus d'efficacité à son silex taillé, le fixa par des lianes à un manche de bois pour en faire une hache, le malheur du monde était en route, irrémédiable. D'un perfectionnement industriel à l'autre, la bombe atomique, fatalement, viendrait.

Eh bien! lancez-la, si vous n'êtes pas des lâches. « Comblez la mesure de vos pères, scribes et pharisiens hypocrites! » Mourez, chiens! Que la bombe à hydrogène s'abatte, pierre philosophale suprême, apaisement de tous les maux, fin dernière de quarante mille ans d'aventure inutile! Mourez dans les flammes! Mourez laidement, mordant votre langue. Dans la mer de feu, vous vous tairez pour la première fois.

— Papa, dit Pascal, j'ai eu très peur.
— Oui? dis-je, le cœur arrêté.
— Brigitte, tu sais, l'infirmière blonde?
— Oui.
— En rangeant la chambre, elle a trouvé ma patte de poule auvergnate dans le tiroir de la table de nuit. Et, en plus, elle sentait assez mauvais cette fois. J'ai vraiment cru qu'elle était perdue. Eh bien, elle ne me l'a pas confisquée. Elle l'a même trempée dans l'alcool, pour la conserver. C'est gentil, hein?
— Oui.
— Seulement, il y a quelque chose de triste.
— Oui?
— Je veux dire, pour une jeune fille comme Brigitte, qui est jolie. Penche-toi; je ne peux pas parler fort. J'ai peur qu'elle entende. Voilà, elle est un peu folle.
— Oui?
— Par exemple, ce matin, je lui ai dit que, lorsque je serai grand, je serai aviateur. Tu sais ce qu'elle a fait?
— Non.
— Eh bien elle a pleuré. Tu vois bien qu'elle est un peu folle.

24

La veille du départ de l'enfant de l'hôpital, je revois le grand médecin. Nous sommes devenus un peu plus raisonnables. Il me remet son ordonnance et m'explique dans le détail les soins que je dois donner à l'enfant, les précautions qu'il faut prendre, et comment surveiller l'évolution de son état. Je demande si, en cas de rechute, il existe à Clermont-Ferrand un hôpital pouvant traiter une maladie si grave. Oui, et le grand médecin, non seulement me nomme le spécialiste, qu'il connaît, mais me donne un mot de recommandation pour lui, exprimant le souhait que je n'en aie pas besoin. Il me demande pourquoi je songe à cette ville, si j'ai le projet de me rendre avec l'enfant dans la région? Le climat de l'Auvergne lui serait d'ailleurs salutaire, en effet.

Je réponds que je n'ai rien décidé; je ne parle pas des tours d'Hérode. Personne ne doit rien savoir. Je mens. A toutes les questions qu'on me posera, je mentirai désormais. Je suis devenu un loup. Je suis fort intelligent, ma ruse est extrême, mon don de dissimulation tient maintenant à ma nature même. Nul ne nous retrouvera, l'enfant et moi! On ne pourra nous suivre à la trace! Nous brouillerons notre piste au-devant de la mort. Je ruserai jusqu'à la fin, je tromperai le monde. Je saurai mettre en échec les mille dangers mystérieux qui menacent mon enfant. Nul ne rusera mieux que moi. Nul ne se taira avec une résolution égale!

Et pourtant je sais ce que je vais faire. Ma résolution est arrêtée! Elle l'a été dans les profondeurs de mon âme dès que le médecin m'a révélé la vérité. Pascal! Toi et moi, comme deux loups traqués, nous allons nous enfuir, dans un ténébreux silence. Le jour, nous nous cacherons! Nous ne cheminerons que de nuit, quand la neige est gelée, afin qu'elle ne garde pas même l'empreinte de nos pas. Nul ne pourra nous suivre. Entre les chiens et nous, nous mettrons d'immenses distances, des obstacles infranchissables!

Si tes forces défaillent, comme une louve portant son petit, je te serrerai entre mes dents par la peau du col et, tandis qu'insensible ton corps pendra sous moi comme une grappe de raisin, je continuerai ma route en aveugle dans les ténèbres, sur la neige glacée. J'irai toujours plus loin! Sans cesse, je passerai au-delà! Nous serons enfin enfermés à Hérode, seuls, toi et moi! Les murs millénaires formeront notre armure! Les longs espaces du temps écoulé dans ces mêmes lieux seront notre protection! Et, comme nul loup, jamais, ne révélera à l'ennemi les profondeurs de sa cache, je ne dirai rien et, aux questions du grand médecin, dont pourtant je perçois la bonté, je ne réponds même pas.

A la fin il ne me questionne plus et me souhaite bonne chance. Adieu vieil homme, nous nous sommes rencontrés. Nous ne nous reverrons plus en ce monde. Tu mourras en solitaire, de ton mal incurable dont je ne t'ai pas demandé le nom, que je ne veux pas connaître. Une fois ou l'autre, si j'en ai le temps, je songerai à toi. Car je serai très occupé. Je vais partir vers ma cachette, avec mon mal, plus incurable que le tien, car il est celui d'un autre : c'est mon fils qu'il atteint.

En me tendant la main, le médecin me prévient

que je dois encore, pour tout prévoir, connaître une éventualité qu'il ne m'a jusqu'à présent pas signalée. La nature miséricordieuse peut aussi épargner à l'enfant la longue déchéance de son corps et la lente agonie. Il peut aussi advenir, au moment de la reprise du mal, qu'une hémorragie cérébrale l'emporte en quelques instants, sans préavis et sans aucune douleur. Je le remercie de la nouvelle. J'en suis là! J'en suis, non pas à prier, car je ne sais pas le faire, mais à tendre ma volonté, qui est grande, ma patience sans égale et mon obstination, qui n'a pas sa pareille, dans l'espoir qu'après trois mois de bonheur encore, quand l'heure fatale sera venue, quelque vaisseau capillaire miraculeusement désigné par les dieux, dans le cerveau de l'enfant, voudra bien éclater et le foudroyer sans aucun mal.

Adieu, grand médecin! Nous ne nous verrons plus ici-bas. Mais quelquefois je songerai à toi, à ta pénétrante tristesse, que la mienne est en passe d'égaler. Et j'espère que plus tard, quand la guerre sera finie, nous nous retrouverons au-delà, compagnons d'armes très anciens, quand je serai mort à mon tour, et j'espère que ce sera bientôt! A bientôt, camarade!

Au bureau, je réunis mes directeurs et leur annonce que dans trois jours je vais m'absenter pour trois mois. Je ne donne aucune explication, les laissant dans l'étonnement. Cette affaire ne regarde que moi. Avant trois jours, chacun devra me remettre un dossier contenant ses propositions pour mettre la société à la cape en mon absence et sauvegarder l'essentiel. Je n'ai pas grande illusion. A Paris, les plaies se referment vite. Dans ma corporation, tandis que je serai à Hérode, la fréquence des déjeuners d'affaires va s'accroître. On se posera quelques questions sur moi, on versera un pleur sur mon absence inexpliquée puis, au moment du café,

102

les têtes se pencheront l'une vers l'autre et l'on en viendra au fait. On se demandera, en famille, en tout bien tout honneur, quel est le plus bref moyen de me ruiner de la manière la plus sûre, débaucher mes cadres et s'approprier mes clients. Et ces ennemis intimes auront tout prévu, sauf l'essentiel : je leur donne d'avance ma bénédiction. Je leur abandonne mes dépouilles sans aucun regret. Je n'y songe même pas. Accourez au festin, amis! La table est mise.

Tandis que je regagne mon bureau, ma secrétaire personnelle s'attriste quelque peu. Elle ne s'inquiète pas de mon malheur, que bien entendu personne ne connaît. Mais elle trouve bien triste que j'aie déjà mauvaise mine, quelques semaines après mon retour de vacances. Les vacances, c'est le grand souci des gens. Ils y pensent onze mois par an et, si elles sont manquées, c'est un désastre philosophique. S'il pleut, il leur faudra toute l'année pour s'en remettre et ils renverseront le gouvernement. Ils liront les magazines pour établir la nomenclature précise des pays où il ne pleut pas. Mais, quand ils s'y rendront, il y aura un tremblement de terre et ce sera bien fait pour eux. Voyez comme je deviens un loup aisément. Voyez comme je suis méchant.

Le soir, à la maison, je suis étendu dans le noir depuis quelques heures quand je comprends que l'incommodité qui m'avait atteint après la mort de ma femme me tient de nouveau sous le charme. J'ai de nouveau perdu le sommeil sans appel. Finalement, au milieu de la nuit, vers trois heures du matin, las d'attendre, je m'habille et sors marcher par les rues. Au bout d'un moment, je me mets à pleurer. Je marche sans assurance. Parfois je dois poser la main sur la façade d'une maison pour reprendre mon aplomb. Bientôt, je parviens devant un couple de clochards qui fouille les poubelles avec un crochet. Ils sont immondes. La femme, en particulier, est d'une exemplaire laideur. Elle porte un veston d'homme troué, attaché par des ficelles, et sa chevelure ressemble à une serpillière malpropre.

— Alors papa, me demande le clochard, le champagne était bon?

La femme horrible me regarde avec intensité, de ses yeux fixes et perçants comme ceux des rats.

— Laisse donc, dit-elle à son époux, tu vois pas qu'il pleure?

Je lève la main pour saluer, comme font les Arabes dans le désert, et Dieu sait que mon désert est grand. Puis, en titubant de nouveau, je fais quelques pas pour m'éloigner.

— Hep! crie la femme. Hep!

Je m'arrête, tournant le dos, élevant la main en silence pour signaler que j'ai entendu et attends réception du message.

— Hé, vieux frère! Souviens-toi toujours que t'es pas seul! On est toute une armée!

Plié en deux, j'éclate en sanglots. J'agite lentement l'avant-bras de droite à gauche, sans me retourner, pour signifier que j'ai bien entendu. Puis la cloche de brume retentit. Le shadburn signale, de la passerelle à la chambre des machines : « En avant toute. » Les hélices se remettent à battre les eaux profondes de la mer et lentement, d'un mouvement irrésistible, mon navire s'éloigne sur l'étendue infinie de l'océan, quittant les deux autres navires.

25

Nul n'a pleuré plus loin que moi. Mais ce fut dans l'ombre. Nul n'a sombré plus bas que moi. Mais il n'y eut aucun témoin. Nul n'a hurlé plus haut que moi. Mais de ma gorge, de mes mâchoires ouvertes, ne sortit aucun son. Nul n'a brûlé plus fort que moi. Mais ce furent d'invisibles flammes.

Je téléphone à Victoire. Il m'a fallu plusieurs jours, depuis la terrible nouvelle, pour rassembler le courage de le faire. Elle vient. Son beau visage, qu'elle ne maquille jamais, est livide. Nous nous serrons l'un contre l'autre comme deux enfants perdus. Plusieurs siècles plus tard, elle me caresse la tempe du bout des doigts.

– Mon pauvre Laurent...

– Je ne t'ai encore rien dit.

– Je sais que c'est très grave. Je t'aime. Je sais ce qui t'arrive. Je l'ai rêvé cette nuit.

Je lui raconte ce qui fond sur nous. Je ne lui avais pas parlé auparavant de l'accident de Corse. Victoire pleure.

– Fais-le, Laurent. *Fais-le*!

– Quoi?

– Ce que tu vas faire.

– Oui, je vais partir à Hérode avec lui. Nous ne nous verrons plus de plusieurs mois, Victoire.

– Je t'aime, Laurent.

— Cela doit durer jusqu'à Noël. A peu près jusqu'à Noël. Il ne souffrira pas.

— Nous oui.

— Oui; à mort. Mais nous survivrons peut-être.

— Peut-être, oui. On ne sait pas.

— On ne sait rien.

— Sans doute vaut-il mieux que je n'aille pas vous voir.

— Oui, il vaut mieux.

— Je serai avec vous sans cesse.

— Je sais.

Assis côte à côte sur le canapé, nous nous tenons par la main. C'est notre seul lien. Cette femme et moi, cette femme que j'aime et moi, si nous pensons avec tant de force l'un à l'autre, si nous mêlons nos forces en une seule force, nous savons pourtant tous deux que nous ne nous étreindrons plus de longtemps, que nous n'en avons plus le droit, plus même l'envie, que cette seule pensée nous choquerait, dans les profondeurs sombres et lumineuses de l'amour qui nous lie à jamais. L'action de guerre a repris, avec son apparat redoutable et solennel. Les gestes tendres de la paix ne sont plus de mise. Ils seraient l'inconvenance même. Or nous ne déchoirons pas. Nous regarderons face à face le soleil et la mort. Elle va gagner son appartement et, durant plusieurs mois, poursuivra le rythme sage de sa vie intelligente et difficile, en pensant à moi. Je vais bientôt prendre la route du sud, avec toi, Pascal, dans cette grande voiture que tu avais aimée, que j'avais achetée parce qu'elle te plaisait, bien qu'elle fût d'un luxe qui me laissait indifférent. Nous gagnerons seuls la montagne. Seuls, toi et moi! Nous nous enfermerons derrière les murailles millénaires et là, comme des loups, montrant nos dents blanches, ne fermant pas nos yeux qui brillent dans la nuit, en silence nous attendrons. Je vieillirai chaque jour d'un siècle, mais je ne me coucherai pas. Je resterai debout, je rirai avec toi jusqu'à la fin, pour que tu ne te doutes de rien; et je sais que j'en aurai la force, même si mes forces secrètement s'épuisent et qu'une seconde après toi je doive à mon tour tomber mort. Je tomberai peut-être une seule seconde après, mais en aucun cas une minute trop tôt. Je resterai le dernier, pour contempler seul toute l'étendue de mon désespoir, moi qui, selon le sort courant, aurais dû mourir le premier, avec calme, sans regret, en te laissant, pour des dizaines d'années encore, poursuivre ta carrière, notre commun destin, qui passe d'âge en âge et va toujours au-delà. Il n'ira plus au-delà. Il suspendra sa course. Mais jusqu'à l'heure dernière, nous l'aurons regardé sans faiblir, seuls toi et moi, nous tenant par la main, comme il convient à deux frères d'armes.

Mais je ne présume pas non plus de mes forces, ni de celles d'un enfant. Je sais ce que le sort sans appel nous demande, ce qu'il exige de nous. Je sais que ce dernier parcours, sur la route fatidique qui ne mène nulle part, excède les forces courantes, qu'il sera véritablement terrible. Aussi je comprends, pour la première fois, pourquoi j'ai vraiment acheté les tours d'Hérode. C'était pour cela. C'était pour que nous allions faire murer nos épaules dans son architecture verticale, comme le pauvre Attila qui se fit enterrer debout. C'était pour qu'un jour nous allions vivre ces trois mois, toi l'enfant qui aimes les loups, moi l'homme fait, qui joue sa partie dans le rude poker financier de la civilisation moderne avec un mépris profond, pour que nous revenions dans la tanière fondamentale, dans le repaire des barons pillards de la haute Auvergne, nous enfermer, seuls avec nous-mêmes en face du désert d'herbe où fleurissent les gentianes, seuls, mon petit, seuls, toi et moi!

26

Pascal a quitté l'hôpital hier. Nous partons pour Hérode demain. Nous sommes au zoo pour voir les loups, avec qui nous avons, depuis si longtemps, rendez-vous.

Mais, dès que nous avons franchi le portail monumental et nous trouvons dans le domaine des animaux, l'enfant, oubliant cet unique projet, commence à courir en tous sens, grisé. Je marche derrière lui sur la large allée bitumée où, comme il fait beau, sont disposés les perchoirs de perroquets multicolores semblables à des bouquets de fleurs. Les oiseaux au bec crochu font toilette, se racontent leur vie ou se grattent sous l'aisselle.

L'enfant revient vers moi en courant.

— C'est bien, cette allée; si j'avais su, j'aurais amené mes patins à roulettes.

— Tu serais le seul. Regarde. C'est sûrement défendu.

— Tout ce qui est amusant est interdit, hein?

— En général, oui. Tu l'as remarqué?

— Ce n'est pas difficile à remarquer.

Pascal me donne la main et nous avançons plus posément, le long des grillages à larges mailles carrées, délimitant des enclos où courent des biches ou des antilopes diverses.

— Oh regarde, les singes!

Ils grimpent sur des rochers en béton et s'arrêtent sur les corniches, non pour regarder l'horizon, mais pour s'épouiller. Leurs attitudes sont la triste singerie des postures humaines et on s'aperçoit au premier regard qu'à l'égal des hommes, tout ce qui concerne leurs derrières leur importe extrêmement. L'enfant lance un peu de gravier sur l'hippopotame qui flotte entre deux eaux comme une outre et, dégoûté de ce contact avec le public, s'immerge derechef. Avançant au soleil, je m'aperçois avec étonnement que je suis, non pas heureux, ce qui serait insensé, mais quelque peu apaisé. Je le dois sans doute à la société des bêtes qui, non seulement se taisent, mais attendent avec la plus grande sérénité, s'accommodant d'être prisonnières. Nous entrons chez les fauves. Cela pue intensément et l'enfant se bouche le nez. C'est, je l'avoue, un spectacle un peu trop fort pour moi. La propreté inconcevable des pelages des panthères et des tigres, leur extrême lassitude, leur regard absent pailleté d'or – sur fond ocré chez les tigres, vert glauque chez les panthères noires – m'inspirent une grande timidité. Je veux bien prendre le loup pour totem, m'identifiant à lui si l'on veut comme faisaient jadis les Indiens, mais je n'admire que de loin les rois d'autrefois qui avaient l'audace de faire figurer des tigres et des lions sur leurs armoiries. Ce sont là, pour moi, de trop hauts seigneurs qui flambent dans un air trop rare, à des altitudes stratosphériques de névrose et de cruauté distante où je n'ai pas la prétention de parvenir.

Nous flânons encore un peu devant les girafes, bien plus grandes que je n'aurais cru, grandes comme de grands arbres, au pelage dont les taches parfaites semblent une écriture disparue, indéchiffrable. Nous passons au pied de rochers artificiels, regardons nager les phoques, longeons des bassins où s'attristent des troupes de flamants roses et d'oiseaux des plus élégants et, tout à coup, quand nous n'y songeons plus, parvenons devant la cage des loups. Près de nous, un chameau d'Asie, à deux bosses, nous regarde avec une expression d'intense bêtise. Sa lèvre inférieure fendue s'agite comme du caoutchouc et il la mâchonne, nous dédiant une lippe d'une intense laideur. Les loups sont dans une sorte de chenil à ciel ouvert, jumelé avec un autre dans lequel une hyène tourne en cercles. Cet animal est ignoble. Le poil rêche et gris acier, vaguement zébré, le museau noir court et froncé, les yeux petits, fixes et d'une méchanceté bornée, l'arrière-train bas et comme atrophié, il marche inlassablement et les muscles des épaules de son puissant train avant transmettent à tout son corps une allure chaloupée, celle d'un être pédéraste, voyou de la savane.

Quel contraste avec les loups! Ils sont couchés et nous regardent en silence. Déjà Pascal grimpe le long de la pente gazonnée dont l'accès est interdit et tend la main vers l'un d'eux. Celui-ci ne se lève même pas, dresse seulement le cou et, d'un mouvement foudroyant, ses mâchoires viennent claquer à un centimètre des doigts de l'enfant. Ce n'était d'ailleurs pas une attaque mais un avertissement. Tout de même l'enfant, s'il se domine assez pour ne témoigner d'aucune peur, revient près de moi, mieux à l'abri.

— Tu as compris maintenant?
— Oui. Qu'est-ce qu'il est rapide!
— Il a appris.
— Quand?
— Il y a quelques millions d'années.
— Regarde; la femme se lève.

En effet la louve, légèrement plus petite et à la tête plus fine, se redresse, place ses deux pattes de devant côte à côte et, pliant l'échine, s'étire longuement, abaissant son ventre presque au ras du sol. Puis elle commence, elle aussi, comme la hyène sa voisine, à marcher en cercle pour se dégourdir les jambes. C'est là un triste spectacle. En effet la cage

110

est petite; elle a au plus trois mètres de côté. Au fond, à droite, une porte basse fermée à demi par une trappe verticale, en façon d'entrée de souricière, donne accès à une niche couverte devant servir aux loups d'abri les nuits pluvieuses. Pour accroître – mais si peu – la longueur de son trajet, la louve se baisse, entre dans l'espace clos qui lui laisse à peine la place de faire demi-tour, ressort en se baissant, enjambe une souche en ciment tenant lieu d'auge, seul accident géographique de son domaine, longe les trois autres côtés de la cage, rentre à nouveau dans la niche, ressort et continue indéfiniment son manège. Quelle déchéance, pour les libres chasseurs de la forêt! Le loup, toujours couché, ouvrant un œil d'or sombre, presque brun, la regarde faire quelques tours, puis referme sa paupière. Enfin, s'éveillant, mais sans bouger pour autant, il ouvre la gueule grande, tendant ses mâchoires vers le ciel, verticalement, dans le simulacre d'un hurlement silencieux.

L'enfant se tourne vers moi. Il est assez fier.

– Ils ne sont pas mal, hein?

– Oui, ils sont même très bien.

Je sais que ce sont des tueurs, des animaux malfaisants, irréductibles à toute société. D'où vient alors que je me sens si proche d'eux et que leur captivité, secrètement, m'afflige? Les grands fauves étaient des dieux et les singes offraient de l'homme l'image la plus véridique mais aussi la plus basse. Les loups, peut-être, oui, peut-être les loups nous ressemblent plus intimement, eux qu'on peut prendre au piège, enfermer, tuer, mais jamais, jamais, *jamais* apprivoiser ni réduire.

Je ne peux décrire la couleur de leur pelage. Il y entre du fauve, du gris et du noir. Le dos est sombre, les pattes sont presque beiges. La différence d'aspect entre eux et les chiens est imperceptible : à peine une arcade sourcilière plus saillante, une musculature peut-être plus ramassée que celle

111

du chien-loup. Pourtant nul observateur ne pourrait s'y tromper, tant la différence d'âme est violente, agressive, prépondérante. Dans l'œil du chien, même le plus sauvage, on lit toujours, profondément, une incertitude, un doute de lui-même, un souhait de ne pas déplaire. Ces loups n'éprouvent à l'égard de ceux qui les regardent qu'une indifférence sans appel. Ce n'est même plus du dédain. C'est pire que du mépris. C'est une négation absolue, irrémédiable.

Brusquement, comme s'il devinait le cours de mes pensées, le loup lève les paupières et me regarde fixement. Je suis bouleversé d'un seul coup. *Me voici, camarade!* Il n'est pas convenable de te regarder dans ta cage, mais que nous importe? Nous venons de *trop loin*, toi et moi. Nous sommes du même sang, toi et moi. Le regard du loup ne me transmet aucun message, ne lance aucun appel. Il se pose sur moi, voilà tout. Et c'est assez. Quand la vie devient un destin et que le destin, à son tour, s'élève jusqu'à la destinée, il n'y a pas besoin de commentaire. Tout le monde comprend.

Brusquement, ce regard étranger, devenu si proche, si intime, flamboie avec une intensité brève. Cela suffit. *J'ai lu.* Puis le grand loup mâle referme lentement et définitivement les yeux. Mon audience est terminée. Je peux partir.

L'enfant court devant moi et, sur le sol bitumé, fait le simulacre d'une glissade.

— Tu te rappelles, papa, quand j'étais petit, ne sachant pas bien parler, je t'avais demandé de m'acheter « de la pâte à roulette »?

— Tais-toi, ce n'est plus le moment de plaisanter.

— Oui, c'est vrai, on les a vus, cette fois. Ce coup-là, on les a vus pour de bon.

— Oui, on les a trouvés.

— Tu crois qu'on les reverra?

— Comment veux-tu que je sache?

A ce moment, derrière un grillage, un immense oiseau, marchant comme un homme, s'éloigne de nous à pas rapides. Un rugissement de lion, grave et tragique, déchire l'air. On pourrait se croire en Afrique. De hauts rochers gris, dans l'éloignement, dominent les feuillages des arbres qui nous entourent.

27

Voyez comme je deviens fou aisément. Il suffit pour cela de souffrir au-delà d'un certain point. Plus haut que tel niveau de douleur, que tel degré de chaleur, les plombs du cerveau sautent, c'est normal.

L'enfant m'a passé son obsession. Je suis prêt à jouer maintenant moi-même au grand jeu du loup. Mais, si je « sens·» qui sont les loups, je ne les connais pas et je ne dispose plus que d'une seule soirée à Paris pour me renseigner. Mais je n'ai pas sommeil, – je ne dors plus maintenant, je l'ai dit – et tandis que l'enfant dort, j'ai l'idée de relire Buffon. Vous y trouverez mon pedigree, au tome quatrième, livre deux des mammifères, chapitre des animaux carnassiers : « Le loup est l'un de ces animaux dont l'appétit pour la chair est le plus véhément... Cependant il meurt souvent de faim... » Voici, camarades, notre loi,

« Lorsqu'un loup est grièvement blessé, les autres le suivent au sang et s'attroupent pour l'achever. »

J'apprends encore que les chiens gardent les troupeaux, non par l'effet du dressage mais parce que, par nature, ils recherchent la société. Les loups, au contraire, vivent seuls. Ils ne lient que de brèves alliances de guerre et, dès le gros gibier mort et dévoré, se séparent « et retournent en silence à leur solitude ». Si les aspects du chien-loup et du loup diffèrent très peu, les deux races sont irréductibles l'une à l'autre. Elles ne peuvent ni s'accoupler ni produire ensemble. Le croisement est impossible. Leurs voix sont différentes. Le loup hurle tandis que le chien aboie. « Les loups blanchissent dans la vieillesse; ils ont alors toutes les dents usées... Lorsqu'on le tire et que la balle lui casse quelque membre, il crie; et cependant, lorsqu'on l'achève à coups de bâtons, il ne se plaint pas comme le chien... *Le loup, quoique féroce, est timide.* Lorsqu'il tombe dans un piège, il est si fort et si longtemps épouvanté qu'on peut le tuer sans qu'il se défende, ou le prendre vivant sans qu'il résiste; on peut lui mettre un collier, l'enchaîner, le museler, le conduire partout où l'on veut sans qu'il ose donner le moindre signe de colère ou même de mécontentement. »

Ô bienfaits infinis du contrat social, voici donc que vous n'êtes pas, comme nous craignions, réservés à l'homme seul! Le loup lui-même est-il donc astreint aux servitudes humaines? On peut le croire en lisant la parfaite conclusion du chapitre, qui s'applique à l'homme exactement : « Enfin, désagréable en tout, la mine basse, l'aspect sauvage, la voix effrayante, l'odeur insupportable, le naturel pervers, les mœurs féroces, il est odieux, nuisible de son vivant, inutile après sa mort. » N'est-ce pas, sans fard et sans pitié, notre portrait véritable?

Voici ma dernière lecture avant de partir pour Hérode. Je ne pouvais mieux tomber. J'emporte le livre.

28

Nous roulons calmement vers le sud. Nous partons pour de bon. Nous n'avons pas tellement de bagages. J'ai dit à Pascal que nous resterions à Hérode assez longtemps, qu'il pouvait emmener tous ceux de ses jouets qu'il voudrait, mais je n'ai pas osé insister trop, pour ne pas l'alarmer, pour ne pas lui donner le sentiment que ce départ était différent des autres, avait une importance particulière, une solennité désespérée. Et, en fait, l'enfant n'a pris avec lui aucun jouet, me disant qu'il avait déjà emmené à Hérode d'autres fois ceux qu'il préférait et que le train électrique miniature nous suffirait.

— On restera jusqu'à Noël? me demande-t-il.

— Peut-être.

— C'est la grande fête de l'année, Noël. Elle me plaît bien. Il y aura de la neige?

— Sans doute.

— C'est mieux avec de la neige. Dis donc, tu crois toujours que c'est une bonne idée que je sois aviateur plus tard?

— Pourquoi pas? On verra bien.

— Il y a quelque chose que je ne comprends pas.

— Oui?

— Pourquoi quittons-nous Paris maintenant, à la

116

date où les autres enfants vont rentrer à l'école? Je n'irai plus à l'école?

– Je voulais justement t'en parler. C'est très important, l'école; mais, vois-tu, il n'y a pas que l'école dans la vie. Il se trouve que je suis malade. Il faut que je parte à la campagne pour guérir.

– A Hérode, tu guériras sûrement. Tout le monde guérit là-bas, c'est Verdun qui me l'a dit l'été dernier. C'est grave?

– Un peu; mais, tu as raison, je guérirai.

– Je t'aiderai.

– Je sais. C'est justement pour cela que je t'emmène. Et puis je t'avoue aussi que j'avais peur de m'ennuyer tout seul.

– Et moi, tu crois que je m'ennuierai?

Je souris.

– J'espère que non. Tu verras. On va très bien s'organiser.

– On aura un tracteur?

– Pourquoi? Tu veux te lancer dans la culture?

– Non. Pour qu'on se promène dans les bois.

– Comment veux-tu qu'il soit?

– Bleu.

Plus loin, nous nous arrêtons au restaurant et nous offrons un très bon déjeuner. Le patron, que je connais, vient nous saluer. Il demande s'il peut nous faire le plaisir de nous préparer un plat particulier le jour de notre retour à Paris, et je lui réponds que nous ne rentrerons pas. Nous allons cette fois rester à la maison, dans la montagne. Il nous en fait compliment et j'ai tout à coup le cœur serré, prenant conscience de ce que, si la prophétie du grand médecin s'accomplit, l'enfant sans doute, en effet, ne regagnera jamais la ville. Peut-être rentrerai-je un jour, plus tard, puisqu'on finit toujours par rentrer; mais je serai seul. Nous repartons en silence. L'enfant, au dessert, a pris ponctuellement les comprimés que j'ai pour mission de lui donner.

117

Il m'a demandé s'il était malade, lui aussi, et j'ai répondu que non, que c'était une suite naturelle des examens qu'on lui avait faits à l'hôpital. Il a paru se contenter de l'explication.

Peu à peu, la route devient plus étroite puis, après la traversée de Clermont-Ferrand, sinueuse, et commence à s'élever dans la montagne.

— La philosophie, demande brusquement Pascal, qu'est-ce que c'est?

— Drôle de question.

— Je voulais te la poser depuis un certain temps mais j'oubliais toujours. C'est un mot que j'ai lu plusieurs fois, mais je n'y comprends rien.

— C'est difficile à expliquer.

— C'est un truc dans le genre de la religion?

— Pas exactement. Ecoute, c'est un mot qui vient du grec et, à la lettre, il veut dire : l'amour de la sagesse.

— Et ce n'est encore pas ça?

— Pas tout à fait. En fait, cela désigne tous les livres que les gens ont écrits pour essayer de comprendre.

— De comprendre quoi?

— Tout.

— Ils avaient du culot.

— Il faut toujours en avoir.

— Et ils y sont arrivés?

— Malheureusement pas.

— Alors, pourquoi avaient-ils fait les livres?

— Pour essayer.

— C'est compliqué.

— C'est surtout dommage.

— Et qui c'est, le champion, celui qui a été le plus près d'y arriver?

— Maintenant on dit que ce sont les Allemands. Surtout un qui s'appelle Hegel.

— Tu crois que je comprendrai si tu m'expliques?

— Ce n'est pas des plus simples, tu sais. Et moi-

118

même je ne le connais pas aussi bien que je devrais. Mais il se trouve que j'avais un oncle que tu n'as pas connu. Il s'appelait Georges et passait pour un de ceux le connaissant le mieux. Selon lui, l'essentiel, ou peu s'en faut, était un chapitre qu'il appelait : la dialectique du maître.

— Explique-moi.

— Imagine que tout commence sur la terre.

— Comme sous la préhistoire?

— Oui; ou comme sur le plateau au-dessus d'Hérode.

— Où le père Vernet élève des chevaux sauvages?

— C'est ça. Alors il faut vivre et, pour cela, il faut combattre les fauves. Certains ont le courage, n'ont pas peur de la mort, et les autres, la plupart, ont peur.

— Alors les premiers deviennent les maîtres?

— Exactement, tu as deviné. Et les autres leur demandent la permission de travailler pour eux pour payer leur protection.

— Dis donc, on a notre chance.

— Pourquoi?

— Hérode, c'est un endroit où on n'a pas tellement peur de la mort, non?

— Maintenant, si ça ne te fait rien, j'aimerais mieux qu'on parle d'autre chose.

— C'était intéressant.

— Ton tracteur, tu le veux gros ou petit?

— Moyen; tu sais, j'aimerais surtout qu'il soit bleu.

Nous approchons d'Hérode.

— Papa?

— Oui?

— Tu as repensé aux loups?

— Oui, j'y ai repensé. J'ai même lu un livre sur eux. Je l'ai emporté; il est dans ma valise.

— Tu crois que nous en aurons avec nous, un jour?

— Je ne sais pas.

— Mais je crois que oui.

— Pourquoi?

— Comme ça. Tout est déjà installé pour les recevoir. Tu sais, le grand chenil en fer, au pied du mur du château? Il est même plus grand que la cage du zoo.

— Elle était vraiment petite, hein? C'était triste, de la voir si petite.

— Oui, mais tout de même ils se tenaient bien. Ils ne pleuraient pas, tu as remarqué?

— J'ai remarqué.

— Ça serait tout de même plus intéressant d'élever des loups que des vaches.

— Oui, mais note bien que je n'ai jamais élevé de vaches.

— Tu ne les aimes pas, hein?

— Non, je les déteste.

— Moi aussi, mais on ne sait pas pourquoi.

— C'est peut-être parce qu'elles sont bêtes et utiles. Elles donnent du lait, des veaux pour le boucher. Ce qui est utile, ça ne plaît jamais tellement.

— Non, pas tellement. Pourquoi ris-tu?

— Parce que j'imagine la tête d'un paysan de Razac, s'il entendait notre conversation et si tu lui proposais d'élever des loups à la place de ses vaches.

— Je ne le lui proposerais pas. Les loups, c'est pour les gens comme nous.

29

Arrivé dans la cour d'Hérode, je prends, selon le geste rituel, la clef du château dans la boîte à gants de la grande voiture et, tandis que, ma serviette à la main, j'ouvre la porte d'entrée, je lis, au fronton, la devise fatidique : « Attends. Tu verras. » Je hausse les épaules. On ne verra que trop. On verra bien.

Marinette s'avance à notre rencontre. L'équipage du bateau pirate est, cette fois, au complet. Cette grand-mère au prénom de fillette a le port, l'autorité et la carrure d'un grenadier de la garde impériale. Elle a toujours été veuve, en tout cas depuis longtemps. Son mari est mort à la guerre de 1914, non pas lors d'une attaque, mais quand son régiment était au repos à l'arrière. Il s'était isolé aux feuillées quand un obus égaré de gros calibre, français presque à coup sûr, le seul qu'on ait jamais vu dans ces parages, était tombé précisément sur la crête de son casque, dont il s'était coiffé pour se protéger des mouches. Dans une gerbe de feu, il s'était dispersé dans les airs et l'on n'aurait pu retrouver de lui de quoi remplir une boîte d'allumettes. Le colonel portait des gants blancs et attachait le plus grand prix au moral de la troupe, pour le moment désœuvrée. Aussi fit-il remplir un cercueil de terre et procéder à des funérailles solennelles. Plus d'un soldat avait le cœur serré en entendant la sonnerie aux morts. Mais Marinette,

121

quand on la prévint, fut consternée de cette énorme bêtise. Au reste, elle ne fut pas surprise, car son mari avait toujours été maladroit. Si le troupeau ne comportait qu'une seule bête vicieuse, on pouvait compter sur lui pour se présenter à portée du seul coup violent de plat de corne qu'elle dispenserait dans l'année. Il était alité un mois sur trois. Maintenant, il devait voleter dans les cieux gris de l'Artois, avec de petites ailes dans le dos. Il était tiré d'affaires, en somme.

Marinette n'eut pas à prendre le deuil car, depuis son enfance, elle avait toujours été vêtue de noir selon la coutume du pays.

Nous voici maintenant près d'elle, bénéficiant de sa force comme de celle que dispensent les pierres du château. Marinette a les yeux très bleus, comme ceux de l'enfant, et les cheveux gris-blanc, plus sel que poivre. Elle ne regarde pas la télévision. Son plaisir favori est la lecture. Elle ne lit guère la Bible, qu'elle trouve « trop romancée », et réserve son approbation totale à un seul auteur, issu du folklore local, Blaise Pascal, né à Clermont-Ferrand, rue des Gras, c'est-à-dire des degrés, degrés qu'il n'a pas fini de gravir. Quand il avait deux ans, il tomba en langueur en présentant deux symptômes très étranges : il ne pouvait souffrir la vue de l'eau sans tomber en transes et se débattait avec violence si ses parents se rapprochaient l'un de l'autre. Il les aimait séparément mais ne pouvait supporter de les voir ensemble. Il perdit sa mère à l'âge de trois ans et les psychanalystes diraient aujourd'hui qu'il ne s'en remit jamais. On sait la suite. Il mourut de vieillesse à l'âge de trente-neuf ans, selon les termes de Jean Racine. La lecture des *Pensées* convient à Marinette à l'extrême. C'est son livre de chevet. Tant d'intelligence, d'amertume, une tristesse austère et si poignante débouchant dans une croyance résolue, la fuite devant les « dangers de la santé » dans une maladie qui est une ascèse, cela lui semble un témoignage de vie plus digne de considération que l'exubérance béate et sotte de son ancien époux, qui se prenait les doigts dans les portes en attendant d'éprouver le besoin d'aller s'accroupir au point de chute de la trajectoire du seul obus qui devait tomber dans la région. Voici pour l'esprit.

Quant à la vie du corps, Marinette habite en notre absence une chambre haute du château dont elle laisse la fenêtre ouverte nuit et jour durant toute l'année. L'hiver, elle s'enfouit sous la couverture et son haleine gèle sur les draps. Comme les chats, elle se lave peu, mais elle paraît toujours propre. Chaque matin, elle met un peu d'eau dans le creux de sa paume et se débarbouille le visage de la sorte. C'est toute sa toilette.

Elle me voit allumer de grands feux dans les cheminées avec le plaisir indulgent d'une mère regardant son fils séduire les actrices les plus en vogue. Cela lui paraît fou, mais la flatte. Et elle se dit qu'aussi bien je ne brûle que mes propres arbres et qu'il faut que jeunesse se passe.

Elle nous sert un dîner de province, avec de la soupe au lard pour commencer et du fromage blanc pour finir, qui évoque le retour de l'enfant prodigue à la maison à un point qui serre le cœur. Puis, comme chaque soir quand nous venons d'arriver, elle part coucher chez elle, dans la chaumière qu'elle possède à cinq cents mètres, derrière un rideau de frêne. Elle ne couche au château qu'en notre absence, par devoir, en pensant qu'une aussi grande maison doit être habitée. Dès que nous sommes là, elle retourne aux affaires sérieuses, c'est-à-dire à son plaisir, et repart chaque soir coucher chez elle. Elle ne m'y a jamais invité. Je n'ai jamais demandé à y aller. C'est une maîtresse femme.

Ayant desservi, elle revient nous dire bonsoir, son

123

châle de laine noire sur les épaules, et part chez elle.

Je veille à ce que l'enfant prenne son bain, fais avec lui une partie d'échecs devant le feu et, comme il a du mal à soutenir son attention, fatigué par le voyage, je lui conseille d'aller se coucher. Il dort.

30

Toute la journée, je me suis dominé. Je me suis dominé! J'ai répondu à l'enfant avec calme, avec gaieté. Je n'en peux plus! Comment aurai-je la force de résister trois mois? Fou de rage, je monte à la bibliothèque, tout en haut du château, et me sers un grand verre de cognac, que je bois comme de l'eau. Je m'en sers aussitôt un autre. Bientôt j'ai bu la moitié de la bouteille. Ma lucidité hélas, n'est pas entamée. A peine suis-je un peu plus en colère. L'alcool, provoquant en moi un début d'ivresse, exalte ma vitalité et mon emportement et, par là même, ma résistance à l'ivresse. Je suis invulnérable, quand je voudrais mourir et ne plus être.

Je regarde le tableau de l'étang du Caucase, accroché au centre d'une boiserie foncée. C'est le seul de la pièce, par ailleurs couverte de livres. Il me vient de mon père. Il n'est pas beau et représente un lac qu'il possédait à dix kilomètres d'ici, de l'autre côté de Razac, et qu'il a vendu, je ne sais plus pourquoi. Cette peinture médiocre exerce une influence magique. Au premier plan s'étend le sol rouge, brun et noir, parsemé de buissons. Plus loin, l'eau glacée du lac présente des reflets violets. On sent que c'est là sa couleur véritable. L'eau devient sombre à l'ombre des bois qui, de part et d'autre, l'entourent, convergeant vers le fond et le haut du tableau. Mais ces deux masses d'arbres ne se rejoignent pas. Il demeure entre elles une brèche. Là, dans le paysage réel, doit s'étendre un pré en pente que, ce jour-là, frappait le soleil. C'est en ce point précis que le peintre sans génie a trouvé le moyen d'exprimer son âme, avec une intensité particulière qui, de si longues années plus tard, alors que le goût a tant changé, émeut encore. Dans un geste de folie, ou bien au contraire avec une sagesse peu courante, il a peint cette tache d'un jaune de chrome pur. Par cette ouverture d'une excessive clarté l'imagination s'enfuit vers on ne sait quel paradis de lumière.

On dit aussi qu'au mont Everest, la seule voie d'accès possible du sommet, vue du dernier camp d'assaut, est une bande jaune. C'est ainsi que l'homme, toujours, se trace à lui-même des images et s'imagine qu'il peut accéder à quelque gloire, que son effort épuisant aura une signification quelconque. Il n'en aura aucune et mieux vaut avoir assez de sang-froid pour supporter la confrontation avec cette certitude écrasante. Dans la vie, il n'y a pas de tache jaune au-delà du lac, il n'y a pas de bande jaune vers le sommet du mont. Il n'y a rien. Il y a l'étang du Caucase, morne en ce moment sous la lune ou, de l'autre côté de la terre, dans l'Himalaya, quelque glacier sans importance où nul ne passe jamais, dans l'air trop rare d'une altitude qui essouffle même les aigles.

Il n'y a rien et je bois avec rage et je pleure. Je te célèbre, ma petite âme, entre ces murs très anciens, tandis qu'au-dehors nous entourent les forêts. Je bois *à ta santé*, sachant par avance que je ne serai pas exaucé et que la maladie, inexorablement, l'emportera. Je n'aurai pas la chance, comme Blaise Pascal – qui porte ton nom, j'y songe pour la première fois! – de mourir de vieillesse à trente-neuf ans. J'ai quarante-cinq ans et suis en effet un vieillard, mais malheureusement je ne meurs pas. Je bois en vain, sans même troubler la parfaite netteté de mon regard, l'imperturbable précision de mes

126

gestes et ma lucidité trop grande. Je pleure pour toi, mais cela ne te fait pas de bien, du moins je le crains. J'ai seulement le courage de m'enfermer, me cacher pour le faire et d'attendre les profondeurs de la nuit. Tu ne me verras pas pleurer. Je suis ce fou qui ne titube pas, ce mendiant qui ne mendie pas, ce vaincu qui n'a pas subi la défaite. Je suis le revenant, celui-là qui vient d'ailleurs, mais nul ne sait d'où et lui-même l'a oublié. Je suis le singe de Dieu qui hurle dans la nuit. Et comme l'acrobate, au sein même de sa plus dérisoire contorsion, garde sa maîtrise, il se trouve que je suis ton père!

Tout de même, sur ce seul point, on ne me prendra pas en défaut! Même si ce soir mes nerfs sont brisés, – mais c'est peut-être aussi par la fatigue du voyage, le dépaysement, l'émotion de retrouver dans ces circonstances dramatiques cette maison que j'ai tant aimée –, même si cette nuit je ne suis plus qu'une loque, demain il fera jour et l'on me trouvera debout, vêtu de manière impeccable pour notre vie nouvelle, posé, t'embrassant avec calme. Je finis la bouteille d'alcool. Elle ne me produit aucun effet. D'une démarche malgré tout un peu raide, je descends l'escalier, me couche et dors.

Je m'enferme sous ce ciel de bois.

31

Les phantasmes de la nuit se dissipent au matin. J'ouvre ma fenêtre. L'air est très humide. Ce n'est pas signe de mauvais temps, au contraire. Les journées qui commencent ainsi par de la brume sont souvent les plus belles. On sent que l'automne va s'établir. C'est en Auvergne une saison mélancolique et douce. L'hiver tarde à venir. Les arbres jaunissent avec une grande lenteur. Dans la lumière dorée, les crépuscules ont une ample majesté et ceux qui savent les trouver dénichent dans la mousse des champignons énormes.

— A quoi va-t-on jouer aujourd'hui? me demande l'enfant, descendant prendre son petit déjeuner dans la salle à manger ronde tapissée de rouge.

— A la pêche aux écrevisses peut-être, qu'en penses-tu?

— C'est une très bonne idée. Je vais préparer les balances.

A ce moment, Marinette annonce que Verdun demande à nous voir. Je retiens un sourire en observant le sourire réticent de la matrone. Elle et Verdun se haïssent sans pouvoir se passer l'un de l'autre. Leurs attitudes réciproques de bonhomie condescendante masquent une jalousie féroce. Jamais l'un d'eux ne tiendrait sur l'autre de propos malveillants, mais par toute leur réserve narquoise ils laissent comprendre qu'ils s'attendent au pire à

128

chaque instant. Si Verdun apprenait de source sûre que Marinette s'adonne à la sorcellerie et fait, les nuits de pleine lune, bouillir des poisons dans le chaudron à confiture, il accentuerait à peine son sourire pour exprimer qu'il le savait déjà. Et si Marinette découvrait que Verdun, ivre mort, viole obstinément les petites filles à la sortie de l'école communale depuis plusieurs années, elle frotterait avec componction ses mains dans son tablier noir, en marmonnant qu'il fallait être aveugle pour ne pas s'en douter.

Pour le moment, le Tartare de service passe devant son ennemie intime sans la saluer, la tête haute, pour bien marquer qu'aujourd'hui c'est lui l'invité, tandis qu'elle n'est chargée que du ménage et, la casquette de velours à la main, me serre la main comme si nous nous étions quittés la veille, alors que je ne l'ai pas vu depuis deux mois, exactement depuis le jour de l'achat de la grande voiture. (Quand je suis venu avec Victoire, il prenait ses vacances.) Je le fais asseoir et lui demande s'il veut prendre un bol de café au lait avec nous. C'est pour l'éprouver; me clignant de l'œil pour me signifier qu'il n'est pas dupe, il précise qu'il attend son verre de vin rouge habituel. Il regarde avec satisfaction sortir Marinette, ulcérée. Posant sa casquette sur la table, il raconte qu'il a vu un renard. L'a-t-il tué? Non; il n'avait pas son fusil.

— Et puis d'abord, pourquoi l'aurais-tu tué? demande Pascal.

— Les renards, on les tue.

— Et toi, qui te tuera?

— Quelqu'un qui n'est pas encore né.

— Et des loups, tu en as vu?

— Non, pourquoi?

— Tu as encore perdu des cheveux, dit l'enfant, sans bienveillance.

Verdun, gêné, passe sa paume sur son crâne

bronzé mais dégarni. Mais il fait contre mauvaise fortune bon cœur.

— Tu crois?

— J'en suis sûr, affirme cruellement Pascal. Et pourtant tu n'en avais déjà presque plus. Les autres, tu les avais perdus à la guerre?

— C'est bien possible. Pourquoi es-tu méchant avec moi?

— Parce que tu veux tuer les renards. Ils ne t'ont rien fait.

— Ils mangent les poules.

— Tu n'en as même pas; alors laisse-les tranquilles.

— Et si je trouve un loup, qu'est-ce que j'en fais?

— Tu me l'amènes.

J'interviens :

— Pascal, tu finiras par être privé de pêche aux écrevisses si tu continues à embêter Verdun.

— Il est assez grand pour se défendre. Et pourquoi n'aime-t-il pas les loups?

— Laisse-le, il me fait rire. Je n'ai pas dit que je n'aimais pas les loups. J'ai dit que les renards, on les tuait. On peut les tuer tout en les aimant.

— Eh bien! ne les tue pas.

— Bon. Alors comme ça, on va pêcher aux écrevisses?

— Ça te convient?

— Oui. Je vais à Razac faire réparer la scie à moteur. Tu viens avec moi? On prendra des têtes de moutons chez Martignac. C'est le mieux.

— Et moi? demande Pascal.

— Tu restes. Marinette a besoin de toi. Vous devez ramasser des framboises à la lisière du bois sous le château pour faire des confitures.

— Je pourrai en manger?

— Tu t'arrangeras avec elle.

Je suis auprès de Verdun qui conduit sa 3 chevaux Citroën. Nous descendons vers Razac.

130

— Tu as voyagé en voiture pendant tes vacances?

— J'ai été à Saint-Tropez.

— Ça t'a plu?

— Ils m'ont bien fait rire.

Je regarde en souriant le profil du Mongol féroce. Il conduit posément, prenant méticuleusement les virages. A Saint-Tropez, il a dû plaire.

— Il y avait de beaux bateaux, dit-il au bout d'un moment.

— Tu t'intéressais surtout aux bateaux?

Verdun, brusquement, rajeunit de vingt ans et sourit. Il me cligne de l'œil.

— Je te vois venir, Laurent, avec tes petits souliers fins. Ne t'inquiète pas pour Verdun. J'ai bien baisé aussi.

— Des starlettes?

— Penses-tu. Des exquises de dix-huit ans dont le papa gouvernait la banque de France ou la banque d'Angleterre.

— Tu t'es ruiné?

— Je n'ai pas dépensé un sou. Je couchais dans la voiture et elles ne mangeaient que des carottes et des tomates crues pour ne pas grossir. J'ai un nom dans le pays, là-bas, maintenant. On m'appelle Dracula.

— La police ne t'a pas arrêté?

— Penses-tu? J'étais invité dans une nouvelle villa tous les soirs et quand les papas n'étaient pas banquiers, c'étaient des ministres et ils voulaient me procurer des situations.

— Pourquoi n'as-tu pas accepté?

— Je n'y ai pas cru. Ils sont tous fous perdus. Ça va bien pour rigoler pendant les vacances, mais ils déraperont vers le trou à la première occasion. J'aime mieux rester au bord.

— Tu aimes mieux rester ici?

— Ecoute, j'ai la bonne vie, non? Quand j'ai envie

131

de couper un arbre, je me le paie. Note bien que j'ai failli te ramener une Américaine.

— Quel genre?

— Grand sport. Son mari était avec Kennedy, mais maintenant il écrit ses mémoires. Elle voulait divorcer pour m'épouser.

— Elle t'aurait aidé à couper tes arbres.

— Je l'ai laissée à la gare de Valence. Elle voulait téléphoner à la cabine pour faire venir son avion personnel. J'ai foutu le camp pendant la communication.

— Elle doit t'en vouloir.

— Qu'est-ce que tu veux? J'ai peur des avions.

32

La pêche aux écrevisses, ce n'est pas compliqué mais, comme en tout, il y faut de l'art et de l'instinct. Les balances sont des pièges de filet maintenus par des anneaux de métal. Au bord de la rivière, la Vie, Verdun attache au centre de chacune d'elles, en guise d'appât, un morceau de tête de mouton, puis il roule la ficelle.

– J'en prends vingt et je pars avec Pascal. Laurent, je t'en laisse dix.

– Je n'ai pas envie de pêcher.

– Je t'en laisse dix. Si le cœur t'en vient...

Le Mongol et l'enfant partent le long de la rivière. Je me couche dans l'herbe. Je vois Verdun couper une longue branche de coudrier et, du couteau, la dépouiller de ses feuilles, ne gardant au bout qu'une fourche brève destinée à tenir lieu de poulie à la ficelle des balances, au bout de ce bras de grue improvisé. En pensée, je suis les pêcheurs, qui s'éloignent la houlette à la main. L'acte essentiel de la pêche, c'est le choix des emplacements où l'on pose les balances. Trop d'eau est néfaste, trop peu aussi. Trop de courant nuit, trop de calme de même. Il faut éviter les fonds sableux, que les écrevisses n'affectionnent pas, et les faux aplombs sur des pierres, qui leur permettent de dévorer l'appât par-dessous sans grimper dans la balance. Le meilleur emplacement se trouve aussitôt en amont des racines d'arbres bordant la rivière, de manière que le courant porte l'odeur de viande aux écrevisses qui s'y nichent. On marque l'emplacement de chaque balance posée, par une branche feuillue plantée dans l'herbe. Puis vient la récompense : la relève. On dégage sans secousse la ficelle placée sous un caillou, la place doucement dans la fourche du bâton puis amène le tout à terre d'un geste décidé, sans heurt pour ne pas renvoyer les écrevisses à l'eau. Enfin on les ramasse à poignée avant qu'elles ne s'enfuient à reculons.

J'imagine l'apprentissage de l'enfant, ses premiers déboires : la balance pleine qu'on renverse en pleine eau, celles qu'on retrouve inexorablement vides...

Selon le rendement de la première levée, on repose les balances à la même place, ou on les déplace de quelques mètres, ou bien on les reprend toutes pour aller prospecter un nouveau tronçon de rivière, en aval ou en amont. On se sent maître du cours d'eau et si, par malheur, on rencontre un autre pêcheur, on le hait et l'on s'enfuit. Il en fait d'ailleurs autant.

Bientôt je m'ennuie et vais ramasser, pour l'assaisonnement du fruit de la pêche, des feuilles de menthe sauvage qui embaument. Mais voici les combattants de retour, dépeignés et les bottes boueuses.

— Deux cent onze, dit Verdun. Trois levées. On va pêcher plus loin.

— Et toi, papa? demande Pascal.

— Rien. Je vous l'avais annoncé. Prends mes balances.

— Maintenant que je t'ai appris, dit Verdun, tu vas aller pêcher tout seul le petit bras, là-haut.

Pascal se rengorge, comme si le grand Condé, à la veille de la bataille de Rocroy, venait de lui confier le commandement d'un régiment d'élite. Il repart vers son lieu de pêche désigné, à flanc de colline, au

134

milieu des prés. Je vois sa petite silhouette s'affairer le long du cours d'eau. Je ne vais pas le déranger. L'après-midi s'avance. Peu à peu, le jour décline. Tout est calme. Sur les crêtes, un troupeau de vaches brun-rouge – la race de Salers – est en train de paître, pacifique. De temps à autre, le vent, par bouffée, m'apporte le bruit de leurs clochettes, ainsi que dans la grande voiture, quand j'amenais Victoire à Hérode. Victoire! Comme tu es loin! les nuages blancs rosissent dans le crépuscule. Bientôt les vaches sont des points sombres se découpant sur fond de sang. Enfin les pêcheurs reviennent pour de bon, pieds nus et la démarche lourde.

– Trois cent soixante-dix-sept, dit Verdun en s'asseyant dans l'herbe.

Posément, l'une après l'autre, il dénoue les ficelles maintenant au centre des balances les morceaux de viande maintenant blanchâtres, délavés par l'eau, et il les lance au milieu de la rivière.

– Cela nourrira les autres et les fera grossir pour la prochaine fois.

Parfois, tandis que les ronds s'estompent sur l'eau, on distingue des remous, une agitation alentour de l'appât que, déjà, se disputent les truites.

– Papa, regarde, j'ai mis de côté la plus grosse écrevisse pour que tu la voies.

– C'est un homard, dit Verdun.

Je le regarde en souriant :

– Comme à Saint-Tropez?

– Là-bas, tu sais, on trouvait surtout des langoustes.

Il me cligne de l'œil et achève d'enrouler la ficelle autour de la dernière balance désarmée. Puis il met sur son épaule le sac de jute où grouillent les écrevisses. Il est nécessaire d'employer un tel sac grossier, pour qu'elles puissent respirer entre les mailles et n'étouffent pas.

– J'ai froid aux pieds, dit Pascal.

Je le fais grimper sur mes épaules et tiens ses pieds nus dans mes mains pour les réchauffer.

— On est bien. On a fait une belle pêche.

Nous marchons dans le chemin creux. Du sol de terre battue émergent de durs pavés de basalte, arrondis, comme des noix de coco. Nous rencontrons un char de foin. Il ramène à la grange le regain et occupe toute la largeur du passage au point que nous devons grimper sur le muret de pierres sèches pour lui laisser la place. Il passe lentement. Les vaches aux larges cornes de l'attelage agitent leur queue comme un fouet pour tenter d'écarter les mouches.

Nous regagnons la voiture. L'enfant éternue.

— Tu t'es enrhumé?

— Je ne crois pas.

— A la maison, Marinette te fera un bol d'infusion très chaude.

— C'est le métier qui rentre. Tu le mènes trop doux, cet enfant.

— Verdun, tu es libre après le dîner?

— Je suis toujours libre.

— Viens. J'ai à te parler. Je serai en haut, à la bibliothèque.

— D'accord.

— C'était la fête de la pêche aux écrevisses, dit l'enfant.

L'odeur de foin coupé nous environne, prenante.

33

On l'a deviné, j'ai décidé de dire à Verdun toute la vérité sur l'état de l'enfant. Je me raconte à moi-même que c'est nécessaire, pour qu'il ne fasse plus, comme tout à l'heure, de réflexion stupide sur l'opportunité d'endurcir Pascal et surtout pour qu'il ne l'entraîne pas à quelque imprudence. Mais bien entendu, ce n'est pas la vraie raison. J'ai besoin de partager ce secret qui m'étouffe, voilà tout.

Il m'étouffe si bien que je deviens de plus en plus insociable. J'ai constamment envie d'être seul. C'est sans doute pour cela que je n'ai pas voulu participer à la pêche. Je suis si mal à l'aise, « mal dans ma peau », comme on dit, qu'après le retour je fuis, j'évite même l'enfant, mon seul souci et l'objet de mes constantes pensées. Et c'est peut-être parce que je pense trop à lui que, pour quelques heures, j'aime autant ne plus le voir. Je charge Marinette de le faire dîner, de veiller à ce qu'il prenne son bain, se couche de bonne heure. Je l'embrasse distraitement, je m'enfuis.

Je me retrouve marchant sur le chemin d'accès au château et parviens au carrefour et à la croix de pierre. Sa vue me bouleverse. Son ancienneté, presque fabuleuse, la grossièreté, la rudesse, la maladresse presque de cet ouvrage s'accordent à mon état. Il paraît que jadis on trouvait des croix à presque tous les carrefours des chemins de France.

Presque partout, elles ont disparu. Les pierres trop tendres des plaines – du calcaire en général – ont été usées, délitées par les pluies. Les bras de la croix se sont brisés, puis le pied s'est érodé à son tour et un jour, de lui-même ou par l'agression de la main humaine, le dernier moignon est tombé. Ailleurs, dans les régions riches, le tracé des chemins a changé avec le développement de l'agriculture, et les jalons sacrés ont été brisés. Ailleurs, la Révolution française, grande destructrice d'images, a culbuté les croix restantes. Si l'on en trouve en Auvergne, c'est parce que le pays est pauvre, que le fleuve de l'Histoire n'a pu niveler une terre de montagne, n'est même pas parvenu jusque-là, enfin parce que le roc basaltique est si dur que la pluie et le gel ne l'usent pas.

La croix d'Hérode se dresse à l'angle de deux murs d'appareil grossier, sans mortier, bordant le chemin. Un bloc erratique a été juché, et ses formes arrondies tiennent lieu de socle. La croix est lourde de formes comme un blason templier et le christ de pierre cloué sur la pierre étend ses bras dans une attitude sauvage. On ne dirait pas en effet qu'il est cloué par les mains, les clous supportant son poids. Les bras sont raidis selon une horizontale parfaite : c'est l'attitude d'un homme non pas crucifié mais debout contre un mur – peut-être attendant d'être fusillé –, qui a soudain déployé ses membres, avant de s'élancer dans un assaut désespéré, ou peut-être pour affirmer l'éloquence de son dernier discours.

Relativement au corps, les mains ouvertes sont énormes, disproportionnées et c'est ainsi que pour nous, hommes du XXe siècle, qui avons trop voyagé et lu trop de livres, elles présentent une image déconcertante : on n'en trouve pas de telle dans l'art européen. On dirait une œuvre africaine primitive, précédant de milliers d'années l'arrivée de l'homme blanc. Ou encore, comme chaque enfant recommence l'Histoire et commence par être lui-même citoyen d'une civilisation primitive, on dirait l'œuvre d'un enfant. On dirait une de ces sculptures qui se font dans les maisons retirées où les femmes de grand courage et d'une particulière bonté se rendent, pour assister les enfants attardés, anormaux, qui, dans leur infirmité poignante, sont au contraire les seuls exprimant la normalité totale, le fond commun de l'humanité, les seuls à chanter le chant des épouvantes immémoriales, à sculpter le fétiche des rêves trop anciens. Ce christ est d'un de ces rêves trop anciens, très secret, « tabou » pour tout dire, pour employer un mot de l'océan Pacifique, si éloigné dans l'espace, si proche par le rêve.

Par rapport au corps si mal sculpté, si « primitif », les mains sont démesurément grandes, mais la tête l'est aussi. Sa figuration est des plus sommaires. Le modelé est absolument simple, rigoureux, comme celui des masques funéraires d'Afrique centrale. Le front en fort relief est prolongé par l'arête du nez. On dirait le frontal d'un casque de croisé. La forme convexe du bas du visage est percée de trois trous ronds très profonds, presque semblables, presque du même diamètre, figurant les yeux et la bouche. Et le miracle de l'art est là. La voix du génie se fait entendre. Cette bouche qui n'a ni lèvres ni dents crie dans le soir, proclame d'éternelles et réconfortantes paroles. Ces yeux qui n'existent pas regardent intensément le survivant qui passe sur le chemin et lui ordonnent, oui, lui ordonnent, avec une extrême autorité – la seule autorité qui soit, celle qui ne vient de nulle part, dont on ne procède pas, mais qu'on incarne souverainement –, ces yeux absents prescrivent à celui qui vit encore, tant de millénaires après, de rester debout, garder son courage et dévisager le soleil sans trembler. Qu'il ne pleure plus, ce petit frère d'après deux mille ans! Qu'il sache se taire et ne perde pas l'espoir! Car l'espoir est le fait des dieux. L'homme doit désespérer, en ce monde horrible où le bonheur n'a pas sa place. Mais l'homme doit alors regarder les dieux : il verra une statue grossière de basalte, au carrefour de deux chemins dont aucun ne mène en un lieu bien notable, il verra deux orbites vides lançant vers lui le plus brûlant des regards, celui de l'invincible espoir, de la vie éternelle, celle qui flamboie dans la douleur et jamais ne s'éteindra.

De la main, je masse ma nuque. Là je souffrais intensément, depuis plusieurs semaines, depuis que j'ai appris le sort fatal de mon fils, depuis que je sais qu'il est condamné, comme l'avait été il y a deux mille ans le fils de Dieu, vous savez bien, celui qu'ils ont crucifié, là-bas, vers l'est, un après-midi de printemps, à trois heures; je pose ma main sur la douleur humaine, qui toujours aboutit là, dans la nuque, entre les épaules, au carrefour central des nerfs, là où l'on vit, là où l'on meurt, je passe ma paume sur ce point des mystérieuses convulsions, mais c'est par habitude, car ma douleur s'est dissipée. A la vue de ce christ qui n'est pas chrétien, – car celui-là, cela ne fait pas deux mille ans qu'ils l'ont crucifié, là-bas, vous savez bien, vers l'est, à trois heures de l'après-midi, et cette croix est si grossière, si primitive qu'elle a peut-être cinquante mille ans d'âge, qu'on l'a faite au temps des Vénus magdaléniennes, quand les chasseurs soufflaient l'ocre rouge sur les murs dans les grottes de Lascaux, à travers des tibias de rennes, dans la vallée de la Vézère –, à la vue de ce crucifié, mon père qui n'a pas d'âge, qui crie dans la nuit éternelle et regarde le ciel étoilé de ses orbites vides, je comprends quelque peu qu'il ne faut pas me plaindre. Je commence à apprendre. J'apprends à découvrir qu'il faut se taire, que l'homme, malgré les apparences, n'est pas un loup et qu'il doit tomber à genoux sans retenir ses larmes. Je tombe à genoux au milieu des pavés du chemin qui trouent la terre battue, je ne prie pas, parce que je ne sais pas prier, mais je demeure longuement le front contre la pierre et peu à peu le froid sans mémoire de la pierre me gagne et je m'apaise.

Un peu plus tard, je me redresse et, caressant de la main le socle de pierre, en remerciement suprême et peut-être en adieu, je me retourne vers le château d'Hérode, où je dois revenir pour parler à Verdun.

— Alors, dit Verdun en entrant à la bibliothèque, Pascal est couché?

— Oui.

— Je peux avoir à boire?

— Que veux-tu?

— De l'alcool. Et un cigare; un gros, pour les marins.

— Sers-toi. Tu sais où ils sont.

— En venant, je suis passé voir les écrevisses dans le chaudron à la cuisine. Il y en avait une morte, le ventre en l'air. Je l'ai jetée. Les mortes gâtent les autres. On invite le maire et le curé, comme d'habitude?

— J'aime autant pas.

Verdun me lance un regard bref et pénétrant. Puis, sans mot dire, il se lève et va se servir à boire. Le cigare à la bouche, le verre en main, il revient s'asseoir.

— En effet; je ne voulais pas te le dire mais tu as l'air fatigué, pas en train. La montagne te fera du bien.

— Ça m'étonnerait.

De nouveau, Verdun me juge d'un regard bref. Il souffle une bouffée de fumée.

— C'est si grave que ça?

— Pire.

— Tu peux raconter?

— C'est pour cela que je t'ai demandé de venir.

Et je lui dis tout ce que je sais de la maladie de Pascal. Verdun se tait et regarde ses mains. Cela

141

dure un moment. Puis, le cigare éteint entre les doigts, il lève la tête et me dévisage avec fixité. Ses yeux sont d'une matité anormale.

— Nous voilà beaux, mon pauvre Laurent.

Je souris tristement en constatant la solidité de son amitié : sans même y songer, il se charge aussitôt de sa part du fardeau.

— Et c'est sûr?

— Tu vois bien.

— En tout cas, ils te doivent une pension.

— Que veux-tu que j'en fasse?

— D'accord. Mais ça se fait. Tout finit toujours par des pensions.

— Je préférerais que ceci ne finisse pas.

— Si tu emmenais Pascal en Amérique? Il paraît que les médecins sont forts, là-bas...

— Pas plus qu'ici pour cette maladie-là. On ne peut la guérir nulle part. Tu le sais aussi bien que moi.

— Oui. J'ai vu une émission là-dessus à la télévision. Je disais ça pour parler. Le cancer du sang, c'est ce qu'ils ont dit. Exactement pareil. Et l'effet des machins atomiques.

— Tu emmènerais l'enfant à l'étranger, toi?

— Non. Je ne crois pas. Je crois que tu as raison.

— Je ne cesse d'y penser, tu penses bien. Mais je n'arrive pas à me résoudre à le conduire d'un hôpital à l'autre. Scientifiquement c'est inutile et partout, en Angleterre, en Italie, nous trouverions des mères en larmes.

— Tu as raison. Pleurer, cela n'arrange rien.

— Ce n'est pas ça, mais l'enfant, qui n'est pas bête...

— Non. Il n'est pas bête.

— Comprendrait ce qui lui arrive. Et cela, je ne veux pas qu'il le sache.

— *Mais j'ai déjà compris*, dit Pascal, en entrant.

Nous le regardons, épouvantés, la gorge sèche.

– Tu étais derrière la porte depuis longtemps?

– A peine cinq minutes.

– Mais tu as entendu tout ce que nous avons dit?

– Oui, tout.

– Tu sais que je te défends d'écouter aux portes. Pourquoi l'as-tu fait?

– Vous parliez de moi. Je voulais entendre la suite. Ça m'intéressait.

– Tu n'avais qu'à entrer.

– Oui, mais vous vous seriez arrêtés de parler.

– Viens ici. Pourquoi es-tu en pyjama?

– Je n'arrivais pas à dormir. Alors je suis monté vous voir. Mais je ne suis pas pieds nus. Regarde, j'ai mis des pantoufles.

– Les miennes.

– Ecoute, papa, je ne trouvais pas les miennes, alors j'ai pris les tiennes. C'est tellement important?

– Non. Pas du tout. Tu sais, ce que nous disions, ce n'est pas sûr du tout. C'est une idée de médecins. Ils se trompent tout le temps, tu sais bien.

– Oui, mais pas cette fois.

– Qu'est-ce qui te fait dire ça?

– Je l'avais déjà entendu à l'hôpital.

– Le médecin te l'avait dit?

– Non; mais l'infirmière, tu sais? Celle qui s'appelait Brigitte...

– Oui.

– Elle en a parlé dans le couloir avec une autre. Elle avait oublié la porte ouverte et j'ai entendu. Elle était jolie, tu te rappelles?

– Ça ne prouve rien.

– Qu'elle soit jolie?

– Non. Ce qu'elle a dit.

– Si, ça prouve, parce qu'elle pleurait.

– Les femmes pleurent tout le temps.

– Quand elle est rentrée, elle avait les yeux rouges. Je le lui ai dit et elle m'a dit qu'elle n'avait pas pleuré. Tu vois bien?

– Je ne vois rien du tout. Alors, qu'est-ce que tu crois?

– Que je vais mourir. C'est peut-être un peu dommage, non?

– Si c'était vrai, ça serait très ennuyeux. Mais comme cela ne l'est pas, ça ne fait rien.

– Comme tu voudras. Mais à l'hôpital, j'avais entendu.

– Pourquoi ne me l'avais-tu pas dit?

– Je ne voulais pas te faire de peine.

– Et merde! crie Verdun en s'arrachant de son fauteuil. Je rentre à la maison. J'ai à faire, moi! Je n'ai pas le temps d'écouter vos jérémiades!

– Qu'as-tu à faire, à onze heures du soir?

– A me saouler. Et c'est grave et urgent.

– Calme-toi, veux-tu? Tu veux une paire de claques?

– Ne me pousse pas à bout, Laurent. Tu ne pèserais pas lourd.

– Tu veux essayer tout de suite?

– Vous êtes complètement fous, dit Pascal. Je vais mourir, bon. Il n'y a pas de quoi faire tant d'histoires.

– Si, il y a de quoi! crie Verdun hors de lui. Tu veux mon pied au cul, gamin?

– Ça serait malin.

– Ça ne serait peut-être pas malin, mais tu sais bien que je ne suis pas intelligent.

– Si.

– Non. Je suis un gros con.

– Non.

– Si. Je me connais, non? Et tu vas cesser de me contredire, à la fin?

– Tu n'as pas besoin de crier parce que tu as de la peine.

144

— Je ferai ce que je voudrai! Je n'ai pas d'ordre à recevoir de toi!

— Tu n'as pas besoin de m'engueuler parce que je vais mourir.

— Si.

— Ce n'est pas une raison.

— Si. Et une bonne. Je suis assez grand pour juger, non?

— Trouve-moi plutôt des loups.

— Des loups? demande Verdun, décontenancé, en se rasseyant.

— Oui, des loups. Tu sais ce que c'est? On en a parlé l'autre jour.

— Quand ça?

— Quand tu as raconté que tu avais vu un renard.

— Ah oui, je m'en souviens. Mais un renard, ce n'est pas un loup.

— Je le sais bien. Je t'ai demandé des loups, pas un renard. Je sais ce que je dis.

— Mais où veux-tu que je trouve des loups? Je n'en ai seulement jamais vu.

— Moi oui. Demande à papa.

— C'est vrai, dis-je. On en a vu deux.

— Vous êtes trop forts pour moi, mes enfants. Vous devriez me laisser rentrer prendre une bonne cuite.

— Tu ne t'en tireras pas comme ça. A qui veux-tu que je demande des loups, sinon à toi?

— Mais à personne. Et comment je vais faire?

— Débrouille-toi.

34

Comme j'avais engagé toutes mes forces – loyalement je le jure – pour que l'enfant n'apprît jamais son mal, que j'avais pour cela quitté Paris et de bon gré sacrifié mes affaires, logiquement j'aurais dû, quand il l'apprit tout de même hier soir, dans ces conditions assez atroces, à l'improviste, succomber au chagrin. Mais l'homme, jamais, n'est gouverné par la logique. J'aurais dû agoniser cette nuit. Au contraire, j'ai dormi, en paix et sans rêve, pour la première fois depuis longtemps, et je n'éprouve même pas de honte à l'avouer. Ce n'est pas ma faute. Si j'avais été un héros, je me serais rongé dans l'ombre, j'aurais souffert comme jamais. Mais l'héroïsme est hors de portée de l'homme et qui parle des héros raconte des fables. L'homme vit au contraire de son défaut de courage, et ne supporte ses douleurs insupportables que parce que les dieux les prennent en charge à sa place, là-bas, aux carrefours du chemin, sur les croix de pierre et, en compensation, lui dispensent le sommeil. J'ai dormi comme un enfant. Et l'enfant, lui aussi, a dormi comme moi. Nous avions été *trop loin*. Nous avions dépassé le seuil fatidique. Nous ne pouvions plus faire face à ce qui se dressait devant nous. Nous aurions été brisés comme verre. Nous aurions flambé comme paille dans le vent. *C'était trop!* Alors, comme la vague, au faîte de son élan, bascule et se répand en écume, notre excessive angoisse s'est résolue dans un divin sommeil, dans un sommeil dispensé par Dieu.

Quand nous nous réveillons, il fait grand beau temps et nous ne sommes même pas surpris de nous apercevoir que nous sommes heureux, quand nous nous embrassons. Je descends le premier à la salle à manger. A table, entre le pain et mon bol, Marinette a déposé une lettre unique apportée par le facteur. Je la décachette. Elle est de Victoire et ne comporte que deux mots : « Je t'aime. » Je souris en la reposant près de moi tandis que l'enfant entre.

Je ne veux pas paraître l'observer, ce cruel matin, le premier où nous ne nous mentons plus l'un à l'autre par miséricorde, où la vérité sévère nous est à tous deux découverte : à lui, que je sais qu'il va mourir et, à moi, qu'il le savait depuis le début. Nous mangeons en silence et soudain, tandis que je porte le bol de lait à ma bouche, Pascal me dévisage et sourit franchement.

— N'aie pas peur, va.

Je repose ma tasse.

— Je meurs de peur, mais ça ne fait rien. On y arrivera.

— Moi aussi. Tu y crois, toi, au truc du chevalier Bayard ?

— Lequel ?

— Qu'il était sans peur et sans reproche ?

— Ce n'est sûrement pas vrai. Ou alors c'était un fou.

— C'est aussi ce qu'il me semblait. Si on cherchait le trésor ?

— Quel trésor ?

— Mais celui du château.

— Parce qu'il y a un trésor ?

— Forcément. Dans un château, il y a un trésor. Il faut le chercher.

— Je ne demande pas mieux; mais comment allons-nous faire?

— Il faut un plan.

— Oui, mais je n'en ai pas.

— Tu n'as pas de livres?

— Si, j'ai des milliers de livres à la bibliothèque, tu le sais bien, dans lesquels les gens les plus divers ont chanté leurs chansons sur les tons les plus variés, mais je n'ai pas de livre avec le plan désignant le trésor du château.

— Alors ce ne sont pas les livres qu'il faut.

— Je le crains. Ce sont les livres dont parlent les livres, tu sais ce que c'est.

— Allons tout de même voir.

Nous montons à la bibliothèque et j'étends sur la table basse les quelques brochures très imprécises citant les tours d'Hérode à l'occasion de monographies sur la région, à l'usage des touristes ou d'inoffensifs érudits locaux.

Il en résulte que nous vivons vraisemblablement à l'emplacement d'un village celtique, ce qu'attestent certaines fondations en pierres sèches de la tour ouest. Et un curé de Razac, au cours du XIXᵉ siècle, aurait retrouvé dans la cour, au pied du cèdre, un « fragment de dolium » gallo-romain. Je ne sais pas ce que c'est, mais de toute façon l'authenticité du débris a fait l'objet de controverses. Peu importe : voici les Romains. Ils établissent ici un poste de guet, puis un camp militaire commandant la vallée de la haute Vie et dans les temps modernes on trouve des morceaux de leurs casques et des fragments de leur vaisselle d'argile. Les siècles passent. Voici les Sarrasins et la terre décidément fertile livre sous le soc de la charrue des poteries arabes. Puis voici les Huns. Malheureusement, nous n'avons pas de portrait de celui qui fut l'ancêtre de Verdun et, à ce titre, intéresse particulièrement notre famille. Déjà les temps médiévaux s'enfuient et les croisades se succèdent. On bâtit les tours, on plante le cèdre. Qui? Il n'a pas fait connaître son nom. Et les Templiers? Non. Pas de Templiers. Dommage. Toutefois cinq civilisations ont passé là : Aryens fous des temps primitifs, Méditerranéens disciplinés et férus du droit, qui mettaient de l'ail dans la cuisine et buvaient du vinaigre, musulmans hiératiques et tristes, Mongols nostalgiques à pied et furieux à cheval, Français enfin, aimant les chants d'amour et le vin nouveau. Telle est la France : c'est un cimetière de croyances et d'aventures et, par là même, une matrice infiniment féconde de croyances nouvelles et d'aventures à venir, puisque rien ne naît jamais de rien et qu'au contraire la vie découle de la mort comme le jour succède à la nuit.

— Eh bien voilà, dis-je à Pascal, tu en sais autant que moi. Les Huns, je ne les vois pas enterrant un trésor, mais après tout je peux me tromper. L'un des autres a pu le faire, mais je ne sais pas lequel et, au fond, je ne sais rien du tout.

— On peut toujours chercher, non?

— D'accord. On va jouer à chercher.

— On verra bien si on trouve.

— Oui, on finit toujours par voir.

— « Attends. Tu verras. » Hein? Comme on voit écrit sur la porte?

— Oui, c'est ça.

Nous redescendons au rez-de-chaussée.

— Marinette, dit Pascal, nous allons chercher le trésor.

— Il vous faut une mandragore.

— Où ça s'achète?

— Ça ne s'achète pas. On les trouve au pied des potences et seulement si le pendu est vierge.

— C'est commode. Et dans la forêt, nous n'aurions pas de chance d'en trouver?

— Peut-être, mais attention. C'est une petite racine à forme humaine, mais si on la déterre soi-même on tombe mort. Il faut la repérer puis la faire arracher par un chien. C'est lui qui meurt.

— Je n'ai pas de chien, et si j'en avais un je ne voudrais pas le tuer. Tu y crois, toi, à la mandragore?

— Pour sûr. Quand on en a une, on devient riche et on découvre tous les trésors cachés.

J'interviens :

— Allons, Marinette, ce sont des fables...

— Je voudrais bien, Monsieur Laurent, mais je crois au contraire que toutes les vieilles croyances sont vraies.

— Par exemple?

— Eh bien, vous savez qu'on dit que si l'on se trouve treize à table quelqu'un mourra?

— On le dit en effet.

— Voulez-vous me dire, le jour de la Cène, le Jeudi saint, combien ils se trouvaient à table?

— Je ne sais pas.

— C'est pourtant simple. Jésus-Christ et les douze apôtres. Cela fait treize. Et n'y en a-t-il pas un qui est mort? Et pas plus tard que le lendemain, le vendredi?

Nous sommes descendus à la cave, munis d'une torche électrique.

— Mandragore ou pas, les trésors, c'est dans les caves qu'on les trouve, dit Pascal. Eclaire mieux le mur, là.

De la main, il me désigne le mur de fondation concave d'une tour. A une hauteur d'un mètre environ, on voit un linteau de pierre, en dessous duquel les pieds-droits verticaux s'enfoncent dans le sol de terre battue. Le rectangle de ce simulacre d'ouverture est bouché par une maçonnerie de briques grossières. Il s'agit peut-être bien en effet d'une porte ancienne, close et dont l'accès a été comblé par un remblaiement du sol.

— Alors, Pascal, tu crois que c'est le trésor?

150

– Non, pas cette fois. Je crois que c'est une porte.

– Où conduirait-elle, dans un souterrain?

– Peut-être.

– Je ne crois pas que ce mur donne directement sur l'extérieur, sur la forêt. Rappelle-toi. Dehors il y a un gros talus de terre.

– Justement. C'est du côté où il y a le vieux chenil, vers Razac. Alors ou bien c'est un passage qui y conduit, et ce sera très commode, quand nous y aurons mis des loups.

– Nous n'en avons pas encore.

– Ou bien c'est l'entrée du vieux souterrain dont ils parlent au village, allant du château jusqu'à l'église de Razac. Il serait commode aussi, pour nous.

– Pourquoi?

– Tiens, par exemple, si je meurs un jour où il pleut très fort, vous pourrez aller à la cérémonie sans vous mouiller.

– D'après mon âge, c'est moi qui devrais mourir le premier.

– Alors il servirait pour ton cercueil, dit aimablement Pascal.

– Tu pourrais chercher des exemples plus drôles.

– Oui, mais ils seraient moins vrais. On commence à creuser quand?

– Quand tu voudras, mais il me faut tout de même le temps d'acheter des outils.

– On y va tout de suite?

– En tout cas on remonte d'abord se laver les mains.

Dans la grande salle dallée du rez-de-chaussée, assis dans l'un des canapés noirs, nous trouvons Verdun qui nous attend paisiblement le verre à la main.

151

— Pascal, j'ai une surprise.

— Moi aussi.

— Lequel des deux commence?

— Vas-y.

— On cherche le trésor.

— Vous savez où il est?

— Non, mais on a déjà trouvé un souterrain. On va acheter des outils pour creuser.

— C'est vrai, Laurent?

— En tout cas, il semble qu'on ait découvert une porte enterrée, c'est exact.

— Eh bien! moi, je sais où l'on achète les tracteurs bleus.

— Formidable! On y va tout de suite?

— Mais par quoi commence-t-on, les pioches ou le tracteur?

— Les deux.

— Et puis il y a encore des loups...

— C'est vrai. Surtout les loups. Quelle journée! Tu en as vu?

— Non, mais j'en cherche et j'en ai parlé. Les vieux du village, ce qu'ils ont pu me raconter... Je ne savais pas qu'il y avait autant de légendes sur les loups, dans le pays.

— Moi je le savais. Et ce ne sont pas des légendes.

— Comment le savais-tu?

— Je ne sais pas, comme ça. Raconte.

— Eh bien! certains disent que les loups ont été créés par le diable.

— Ce n'est pas vrai.

— Mais tous sont d'accord qu'il est de bon augure de rencontrer un loup.

— Tu vois bien. Et encore?

— Il paraît que pour ne pas avoir peur il faut porter sur soi une dent ou un œil de loup.

— Et encore?

— Jadis, dans la région, on disait que pour qu'un

152

enfant soit toujours en bonne santé, il fallait que les premiers souliers qu'il porterait dans sa vie soient en peau de loup.

– C'est parce qu'on ne l'a pas fait pour moi que je suis malade.

35

Nous roulons vers Clermont, à la quête du fameux tracteur; c'est-à-dire que nous dévalons les routes de montagne, d'un virage à l'autre, renouvelant le scénario classique de cow-boys qui descendent en ville, conquérants et décontractés. Verdun prend les tournants à toute vitesse et nous roulons d'un bord sur l'autre, hurlants et ravis.

— Laurent, dit Verdun, je me permets de te faire remarquer comme ma petite machine marche bien dans les descentes.

— Formidable, dit Pascal.

— Je me suis laissé dire que tu avais bien réussi dans les affaires. Je vais cependant me payer le plaisir de te donner une leçon. Regarde-moi, et tu verras un Auvergnat en train d'acheter.

— Comment fais-tu? demande Pascal.

— Et d'un, je n'ai pas voulu qu'on prenne votre grande voiture, qui est beaucoup trop belle et m'aurait cassé mon coup. Et de deux, je me permets de vous faire remarquer que j'ai mis mon costume le plus usé et qu'il est même troué au coude. Et de trois, je vous prie de vous taire dans le magasin. Vous me verrez faire et ce sera beau.

— Je peux faire une observation?

— Va toujours.

— Nous verrons à coup sûr le majestueux spectacle d'un Auvergnat en train d'acheter. Mais comme le vendeur sera, lui aussi, Auvergnat, vous pouvez faire match nul, non?

– C'est le risque. Mais on peut toujours espérer qu'il viendra de Paris et qu'il aura réduit à la cuisson.

– Je te laisse faire. Je ne dirai rien.

– Il y a surtout un point capital. Si tu disais que tu achètes le tracteur pour te promener avec Pascal dans les bois, cela jetterait un froid épouvantable, comprends-tu? Ils en parleraient encore l'année prochaine. Ce n'est pas leur genre du tout. Il faut être besogneux, utilitaire et borné.

– Ne t'inquiète pas, j'ai compris.

– Si tu n'y vois pas d'inconvénient, j'achèterai aussi une remorque et dirai que tout le bazar me servira à transporter le bois. D'ailleurs, ce sera vrai aussi. Sinon, ils ne comprendraient pas.

– Comme tu voudras. Je te laisse faire.

– Et tu as raison.

Nous passons avec mépris devant un garage qui ne vend que des tracteurs rouges et parvenons devant le siège de la firme dont Verdun s'est procuré l'adresse, spécialisée dans les tracteurs bleus. Mon ami y entre les épaules voûtées, précise et tragique image du paysan ruiné qui, au prix de dettes nouvelles et irrémédiables, va tout de même procéder, avec toutes les précautions possibles, à un achat dont dépend la survie de sa ferme. Néanmoins, comme il était prévisible, la merveilleuse démonstration de marchandage échoue. En effet le vendeur, par malheur, est Auvergnat et sait que plus les paysans portent des vêtements usagés, plus ils sont riches. De surcroît, par une malchance supplémentaire, apport de la civilisation moderne à des qualités ancestrales, il a suivi les cours par correspondance de l'Ecole polytechnique de vente, qui prescrit de toujours caresser les chiens des

155

clients et d'observer avec le plus grand soin le comportement de leur femme et de leurs enfants, toujours déterminant dans leur acquisition. Or Pascal, ayant aussitôt repéré le tracteur bleu de son choix – ni le plus grand ni le plus petit mais, en bon français, celui du milieu de la gamme –, s'est précipité sur le siège et, immobile dans le hall d'exposition, le conduit avec entrain. Le vendeur, émerveillé de la divine surprise, dont l'éventualité était envisagée dans son manuel, mais dont il n'avait jamais bénéficié – car les enfants de paysans sont bien autrement réservés et, gouvernés par un atavisme millénaire de crainte, se taisent avec résolution –, le vendeur ébloui se précipite sur nous et, comme en état second, nous récite en hâte que tout est pour le mieux et que ses machines sont si simples qu'un enfant de l'âge de Pascal les conduit très aisément. D'ailleurs l'enfant l'a aussitôt deviné, s'en est immédiatement aperçu, n'est-ce pas? Verdun, ulcéré, tente un combat d'arrière-garde en demandant des conditions particulières de paiement, eu égard à la dureté de l'époque. Mais de nouveau Pascal, inconscient et sans pitié, lui coupe l'herbe sous le pied en affirmant que nous avons besoin du tracteur d'un moment à l'autre.

Je signe un chèque et nous l'aurons dans huit jours. Verdun est furieux et ne dit mot sur le trajet du retour. Je ne peux même le dérider en achetant d'abondance de la charcuterie dans un village où elle est fameuse. (Pourtant m'a-t-il assez cité le proverbe du pays : « Si tu veux être heureux un jour, saoule-toi. Si tu veux être heureux deux jours, marie-toi. Si tu veux être heureux un mois, tue ton cochon »?)

– Vous êtes des gaspilleurs, observe-t-il, consterné, comme s'il venait de découvrir quelque sacrilège énorme et sans appel.

– Allons, dit Pascal sans perdre son sang-froid,

reconnais que toi aussi tu as envie de le conduire, le tracteur...

— Ça n'empêche rien, maugrée Verdun, toujours maussade.

— Mais si. On ne peut pas tout avoir, tu sais bien.

36

Sous le coup de l'exaspération de Verdun, nous avons oublié d'acheter à Clermont des outils de terrassier. Ce sont de menues péripéties de cette sorte qui font marcher le commerce local, et c'est grâce à quoi le père Dumas, à Razac, quincaillier de son état, se trouve vendre deux pelles et deux pioches à des chercheurs de trésors.

Nous creusons le sol de la cave, mais sans nous presser car, dès le premier jour, j'ai constaté que l'enfant travaillait avec une excessive passion, se fatiguait. Il ne savait se contenir. Il piochait, pelletait avec fureur, abattant plus d'ouvrage que moi. Aussi, au bout d'une heure ou deux, quand je vois qu'il en a assez fait, je dis que je suis las, que mes os se font vieux, qu'il est temps de remonter goûter. L'enfant s'apitoie sur mon état et Marinette nous sert du lait et des tartines.

— Vous avez tort, dit-elle à Pascal, de vouloir ouvrir cette porte. Si on l'a fermée, il y avait une raison.

— Laquelle ?

— C'était peut-être la porte du meneur de loups.

— Qui est-ce ?

— On ne sait pas. Je ne l'ai jamais vu. Les anciens disaient que c'était un sorcier très puissant, pouvant lancer des meutes de loups sur le village lui ayant manqué de respect.

– Tu vois, papa?

– Et comment le reconnaissait-on, ce meneur de loups?

– Il portait des gants rouges.

– On le chassait?

– Non. On aurait provoqué sa colère. Il ne fallait rien lui dire. Il frappait à la porte. On ouvrait, on le reconnaissait. Il entrait. On lui donnait à manger et à boire. Il ne disait rien. Il ne fallait pas non plus lui parler, pour ne pas attirer le mauvais sort. On lui donnait un lit. Au matin, il avait disparu. On jetait du sel dans le feu, pour qu'il ne revienne pas.

– Je l'ai fait, dit Pascal. La flamme devient toute verte, comme l'herbe.

– Oui, tu as bien fait. C'est signe de chance.

– Voilà bien des signes...

– Mais tout est signe, Monsieur Laurent, vous savez bien.

Au bout de quelques jours, à la cave, nous avons au pied du mur dégagé un escalier de cinq ou six marches, descendant vers ce qui semble bien être une porte de dimensions normales maintenant qu'on en voit le chambranle en entier. Je vais, de quelques coups de pioches, dégager des briques pour éclaircir le mystère, mais l'enfant, comme c'est le soir, me demande d'attendre. Il faut que nous ouvrions tout d'un seul coup, comme on tire de côté le rideau d'un théâtre afin de découvrir la scène aux spectateurs, et il est prudent de nous y mettre seulement quand nous aurons plusieurs heures devant nous.

Le lendemain matin, quand je me lève, je ne vois plus l'enfant dans son lit. Il a dû s'habiller à l'aube. Je le trouve au pied des contreforts du château, dans la grande cage-chenil adossée à la tour. Muni d'un balai, il achève d'y balayer soigneusement débris et feuilles mortes.

– Je dois tout préparer, me dit-il.

159

— Tu es bien imprudent, dit Marinette, à toujours parler des loups. Parler du loup, c'est prendre le risque de le voir paraître.

— Tant mieux. Tu entends, papa?

Sur quoi Verdun arrive, une barre de mine sur l'épaule.

— Alors, on l'ouvre cette porte?

— Oui, c'est le jour.

A la cave, à l'endroit fatidique, Verdun déchausse au levier quelques briques, puis abat les autres à la pioche. Dieu me damne, nous nous trouvons devant un passage voûté, l'entrée d'un souterrain maçonné à la perfection, comme le couloir d'une pyramide égyptienne. L'enfant exulte.

— Je vous l'avais bien dit!

Nous nous avançons, torche électrique au poing. Brusquement le sol se dérobe sous mes pieds. Le cœur arrêté, je parviens dans un sursaut à bloquer mes avant-bras contre les parois du couloir et à retenir le poids de mon corps, suspendu au-dessus du puits. Car il s'agit d'un puits que, l'alerte passée, nous examinons à la torche électrique. Lui aussi est maçonné avec un art consommé et je remarque avec étonnement que chacune des pierres de taille constituant son cylindre évidé est elle-même de forme légèrement concave. Elles sont ocre pâle, d'une netteté et d'une propreté absolues, sans une toile d'araignée. Le puits a environ quatre mètres de profondeur. Le sol, au fond, est de terre battue. M'étant instinctivement formulé, en découvrant le passage, une comparaison avec les travaux funéraires de l'Egypte antique, je ne peux m'empêcher de penser, avec un peu de gêne, aux chausse-trapes disposées dans les accès des sépultures des Pharaons, pour égarer ou mettre à mal les voleurs.

Verdun dispose des madriers sur le puits et nous passons outre. C'est pour parvenir, quelques mètres plus loin, devant un nouveau mur dont la barre de mine a bientôt raison. A mesure qu'elle culbute les moellons, nous découvrons le jour et avons bientôt accès au chenil même dont Pascal balayait le sol tout à l'heure, pour préparer le gîte de ses loups.

– Je vous l'avais bien dit! Je vous l'avais bien dit!

Dans la cage fatidique que Pascal destine à ses loups, aux loups que nous n'avons pas mais qui viendront peut-être un jour (*puisque parler du loup, c'est prendre le risque de le voir paraître*), à la lisière du bois de sapins, il fait plus frais que dans la cave. Une brise humide mais vivifiante, aux senteurs de forêt, passe doucement dans nos cheveux et je me surprends à respirer profondément, comme fait celui qui prend conscience de sa propre vie. Un événement vient de survenir. Un *fait nouveau* vient de se produire. Mais il n'est au fond que la découverte nouvelle d'un état de choses très ancien : ce couloir secret a peut-être mille ans d'âge. Certes, quand il fut creusé, le chenil n'existait pas. Mais il convenait pourtant, dès ce moment – pour quelle raison magique ou pour quel motif de sécurité militaire? – que ces caves très profondes fussent munies d'une issue secrète, armées d'un moyen inconnu de permettre aux hommes de s'enfuir ou de regagner leur forteresse. S'agissait-il de permettre aux femmes et aux enfants de prendre le large en cas de siège, car la guerre est l'affaire des hommes seuls? Fallait-il que les messagers puissent atteindre sans encombre la nuit de la forêt, protectrice de leur mystérieuse mission? Etait-il nécessaire que des archers, des hommes d'armes de renfort puissent au contraire, à la file indienne, sans mot dire, sans provoquer un seul froissement de feuille morte, entrer dans les murs, afin de gagner silencieusement les créneaux et, au matin, sous une grêle de flèches, déclencher la contre-attaque libératrice? La victorieuse et décisive contre-attaque, signature des chefs imperturbables?

Quoi qu'il en soit de ce passé redoutable et fatal,

161

que nous portons en nous et avec qui nous partageons notre maison, de qui nous l'avons héritée, avec lequel l'enfant se sent si bien de plain-pied, lui, le jeune meneur de loups, il reste que ce matin a renoué avec les temps anciens, dont nous venons de retrouver le mystérieux passage, le lit des eaux. De nouveau, il permet aux hautes tours de respirer, il laisse, vers leurs puissants poumons, passer l'air de la forêt. Il a rouvert l'accès à l'odeur des sapins, aux vents du monde, dans ce haut sarcophage vertical. (Mais Attila, déjà, se fit enterrer debout.) De nouveau, le vent peut pénétrer dans les cales du navire. Et nous pouvons reprendre la croisière.

— Et avez-vous compté les jours? demande Verdun.

— Non. Pourquoi?

— Plusieurs se sont écoulés. Le tracteur bleu arrive demain.

— Nous sommes trop heureux! dit l'enfant. Trop heureux! Chaque jour une fête!

37

– Tu te rappelles, papa, tu te rappelles? Quand j'étais petit, je te demandais toujours de me raconter l'histoire du petit Chaperon rouge?

– Oui, je m'en souviens.

– Alors, pour ne pas me raconter toujours la même, tu me racontais l'histoire du petit chat Pron rouge. Du petit chat qui s'appelait Pron rouge.

– Oui. Il avait des amis qui s'appelaient Pron vert, Pron bleu et Pron jaune et ils allaient tous ensemble à l'école. C'est bien ça?

– Oui, c'est ça. C'est drôle, hein?

– Oui, mais c'est fini.

– Oui, ce n'est plus le moment. C'est le grand jeu maintenant, hein?

– Oui.

– Celui qu'on appelle : « le jeu qui fait mal »?

– Oui, mais il porte aussi un autre nom.

– Comment?

– « Le jeu de celui qui devient grand. »

Heureusement, quelques heures plus tard, pour faire diversion, arrive le tracteur bleu. Un camion superbe entre dans la cour. Un mécanicien en salopette blanche ouvre le panneau arrière, pose un plan incliné et le tracteur bleu lui-même, pur-sang rutilant et nourri au lait, descend en marche arrière par ses propres moyens. Le démonstrateur commence à faire des voltes au volant dans la cour, passant les vitesses et venant de temps à autre s'arrêter à nos côtés pour nous donner des explications. Nous n'en écoutons pas un seul mot. Maintenant qu'il a rempli sa mission, nous attendons essentiellement de lui qu'il s'en aille sans retard pour nous laisser jouer à notre tour. Enfin il s'en va, après nous avoir mis dans les mains des brochures que nous n'avons pas le temps de lire et, sans respect humain, nous nous précipitons sur le siège.

J'appuie sur le démarreur. Le moteur vrombit doucement; Pascal et moi nous regardons, éblouis :

– Ça marche!
– Ça marche!

J'embraye et nous prenons le chemin carrossable qui monte à travers la forêt vers les pâturages déserts où le père Vernet élève ses chevaux sauvages. C'est « sa montagne », comme on dit dans le pays. Il élève soi-disant des chevaux de course mais à mon avis c'est pour le seul plaisir de les regarder lui-même courir à travers les pâturages, car je n'ai jamais entendu dire qu'il en ait vendu un seul. Une odeur d'huile chaude et de peinture neuve s'élève doucement des tripes de notre docile machine mécanique. Elle est presque plus aisée à conduire qu'une voiture, car on est assis plus haut, à califourchon comme sur un cheval et l'on trouve instinctivement sa voie. Je n'ai pas fait dix mètres que déjà j'évite les flaques avec aisance, comme si j'avais conduit des tracteurs toute ma vie. Pascal est assis sur mes genoux puis, glissant ses hanches sur le côté, trouve une meilleure place sur le faîte du garde-boue des énormes pneus arrière à forts reliefs. Je pose la main sur la manette des gaz.

– Si on allait à toute vitesse?
– Mais voyons papa, tu es fou? Tu sais bien qu'il est en rodage.

164

– Ah oui, c'est vrai! Il marche bien, hein?

– Sensationnel. Regarde le hérisson qui traverse la route. Freine! Freine! Sinon tu vas l'écraser.

Enfin, après le couvert des arbres, nous débouchons sur le plateau et commençons à rouler à même l'herbe. Le tracteur semble plus silencieux car l'immensité de l'espace estompe tous les bruits, et le sol végétal est lisse et souple. C'est l'Auvergne. C'est la France, vaste et sauvage, paisible et triste, immuable et toujours jeune, où le temps n'a pas d'âge, où les millénaires n'ont pas de nom, où les siècles sans fin s'enlacent l'un à l'autre, dans le jeu théâtral et sans témoin des saisons. Et voici venir au loin l'immémorial cavalier. C'est le père Vernet, coiffé de son large chapeau plat d'éleveur espagnol de taureaux de combat, monté sur sa fameuse jument blanche, accompagné de son chien-loup qui galope autour de la monture. Je ne l'ai pas vu depuis près d'un an. Il vient vers nous. Il ne montre aucun étonnement en me rencontrant à l'automne, saison où je ne suis jamais là, accompagné de l'enfant, en un temps où les enfants sont à l'école, et juché sur un tracteur bleu tout neuf qui ne me sert apparemment à rien. Il en faudrait bien plus que cela pour l'étonner. Rien ne le surprend. Il en est à ce point de vieillesse où l'on a enfin compris que le monde est radicalement fou, jusqu'à l'os, que personne n'a sa raison et que rien n'a de sens, de manière que, si la vie quotidienne est démente même quand elle est normale, elle ne saurait l'être davantage quand on la croit extraordinaire.

– Salut, Laurent, me dit-il comme s'il m'avait quitté la veille, ça va?

– Ça va. Et toi?

– Ça va. Salut l'enfant. Tu as belle mine.

– Je vais mourir bientôt.

– Tiens donc. Moi aussi. Qu'est-ce que ça peut faire? Promène-toi en tracteur. C'est toujours ça de pris. Mais ne meurs pas avant le jour des Rois.

– Pourquoi?

– La nuit des Rois, si tu as de la chance et s'il fait pleine lune, tu pourras voir dans la vallée la chasse du Roi Hérode.

– Tu l'as vue?

– Non, mais mon père me l'a dit.

– Il l'avait vue?

– Non plus, mais son père lui avait dit. Il ne l'avait pas vue non plus d'ailleurs...

– Ça ne prouve rien.

– Non, ça ne prouve rien. Peut-être on ne la voit pas parce qu'on n'est pas digne, ou peut-être parce qu'elle n'est pas là, ou encore parce qu'on s'est trompé de nuit. Rien ne prouve rien. Bon. Je suis venu vous voir pour vous prévenir de ne pas vous attarder. J'ai un cheval dangereux.

– Qu'est-ce qu'il a?

– Il est venu fou. Fou dangereux. C'est arrivé au changement de lune. C'était un étalon blanc, le plus beau du troupeau. Il s'appelait l'Orage, parce que c'était le plus rapide. On dit que si on suspend une dent de loup au cou du cheval blanc il devient infatigable. Lui il n'en avait pas besoin. Il a dû manger la mauvaise herbe. Féroce, il en a mordu trois autres et on ne l'a plus revu. Je le cherche depuis trois jours.

– Mais tu n'as pas ton fusil.

– Je ne veux pas le tuer, je veux lui parler. Mais préviens Verdun : si c'est vous qui le voyez, il faut tirer tout de suite. J'ai déjà vu ça une fois. Il ne peut pas guérir. Il charge. Je vais vous faire escorte jusqu'à Hérode. Et à l'avenir, faites attention quand vous sortirez.

– Nous pouvons rentrer seuls.

– Non. Tu penses un peu s'il court plus vite que ta machine. Il sauterait par-dessus avant que tu aies eu le temps de le voir. Et après, il vous mordrait.

Nous redescendons sous les bois. Pascal a voulu monter avec Vernet, sur l'encolure de sa jument.

166

– Les loups, qu'est-ce que tu en penses?

– Du bien. Si on porte sur soi le cœur d'une tourterelle enveloppé dans un morceau de peau de loup, on n'a plus jamais de désir.

– C'est triste, non?

– Et la vie, tu crois que c'est gai?

– Tu l'as fait, toi, de porter le morceau de peau?

– Non. Je n'ai pas eu besoin. L'âge a produit le même effet. Voilà les toits du château. Je vais m'en retourner.

– Tu ne trouves pas ça étrange, toi, un cheval qui devient fou?

– Tu sais, petit, tout le monde vient fou, à la longue. C'est seulement une question de temps.

De nouveau, Verdun est venu me voir à la bibliothèque, assez tard le soir, provoquant le triste conseil de guerre. Je lui raconte notre rencontre avec Vernet et les précautions qu'il a conseillé de prendre, à propos de l'étalon blanc qui bat les bois la nuit.

— D'accord, ne t'inquiète pas, je ferai des rondes. Mais c'est drôle que Vernet vous ait autant parlé...

— Pourquoi?

— Personne ne peut se vanter de lui avoir entendu dire plus de trois mots.

— Il parlait surtout à Pascal.

— Oui; c'est ça, sûrement. Et lui, il est couché, ce soir, au moins?

— Oui. Ne t'inquiète pas, il dort bien. Tu peux même laisser la porte ouverte si tu veux. Tout ce que nous ne voulions pas qu'il sache, il le sait déjà.

— Ne sois pas amer, Laurent.

— Tu voudrais que je rie?

— Non. Que tu sois calme.

Verdun me regarde de côté, brièvement.

— Ça ne va pas trop mal, non?

— Oui, comme disait celui qui tombait du cinquième étage avant d'arriver en bas.

— Pour l'instant tu n'es pas encore en bas et, si ça

se trouve, tu n'y atteindras peut-être jamais. Alors garde ton sang-froid.

— Tu veux boire?

— Toujours. Ecoute donc, j'ai pensé à quelque chose...

— Va toujours.

— Pour Noël, on devrait préparer pour l'enfant une fête comme il n'en a jamais vu. Tu sais que, selon les vieux, la nuit de Noël il se passe des prodiges. Les bêtes se mettent à parler; les pierres dressées vont boire à la rivière; sur les noisetiers, il pousse subitement une branche d'or et les enfants qui naissent cette nuit-là comprennent le langage des oiseaux.

— Je ne savais pas.

— Moi non plus. Alors je voudrais te poser une question. Pascal parle tout le temps d'avoir des loups. Penses-tu qu'il y croit vraiment?

— Il croit qu'il y croit. Cela revient au même.

— C'est aussi mon avis. Si on lui en trouvait pour Noël, cela serait un peu fort, non?

— Mais on mettrait la pagaille dans tout le pays. Tout le monde en parlerait.

— Ce n'est même pas sûr. D'abord on est assez à l'écart et je n'en parlerais pas ni Marinette non plus. Et puis on est chez nous. Charbonnier est maître chez lui. Enfin tu passes pour être riche et dans ce cas les gens sont tout de suite moins critiques.

— Mais où veux-tu qu'on trouve des loups?

— C'est bien la difficulté. J'en ai parlé discrètement, mais je n'ai trouvé aucun moyen. Il y a cinq ans, des romanichels sont bien passés à Razac. Ils montraient un loup dans une cage les jours de foire. Mais personne ne se souvient plus du nom et depuis le temps, tu penses, Dieu sait où ils sont et le loup est peut-être mort.

— L'enfant dit qu'il en voudrait deux.

— Justement, c'est justement ça qui m'y a fait

penser. Tu m'as bien dit qu'à Paris vous en aviez vu deux?

— Oui, dans un zoo.

— Tu es sûr qu'on ne peut pas les prendre?

— Verdun! Tu déraisonnes!

— Justement pas; j'y ai bien réfléchi. Je n'ai pas trouvé une seule solution. Sauf exception, il n'y a sans doute de loups que là. Et si tu vas les leur demander bien poliment en leur expliquant que ton petit garçon en a envie pour jouer dans la cour, tu crois qu'ils te les donneront?

— Ils me prendront pour un fou.

— Et ils auraient bien raison. C'est leur métier.

— Mais on peut peut-être en acheter à l'étranger, dans un pays où il en reste, je ne sais pas, moi, en Alaska, en Russie?

— Tu crois qu'on a le temps avant Noël?

— Non, c'est vrai.

— Je vais te dire, Laurent, je crois que tu as peur, voilà tout. Ne te vexe pas.

— Je ne me vexe pas, mais je ne crois pas que ce soit vrai.

— Je ne veux pas dire que tu aies peur des loups, mais de te faire prendre et d'être considéré comme un voleur.

— Au point où j'en suis...

— Justement. On n'a qu'à y aller. Comme pendant la guerre, tu te souviens? Un petit raid de nuit, avec des souliers qui ne grincent pas, et hop, ni vu ni connu.

— Tu vas finir par me tenter, Verdun.

— C'est bien mon intention. C'est pour le bon motif. Tu vois la surprise de l'enfant?

Je souris.

— Il n'en reviendrait pas, c'est vrai.

— Oncle Verdun, raconte-moi des histoires de loups. Oncle Verdun, encore une. Laisse faire, petit, les histoires c'est trop long à raconter. On va aller voir les loups tous les deux, ils te les diront eux-

170

mêmes. Mais où, Oncle Verdun? Mais dans le chenil, Pascal, tes loups sont là.

– Quand partons-nous?

– Bientôt, mais explique-moi d'abord. Ce zoo, il est fermé la nuit, n'est-ce pas?

– Oui.

– Il faut y aller ni trop tôt ni trop tard. Le soir et le matin, les rondes sont mieux faites. L'expérience prouve que le moment creux, c'est trois heures du matin. C'est alors qu'on a le plus sommeil et qu'on s'en fout le plus.

– Tu as une longue expérience du cambriolage?

– Si j'en avais une, je ne te le dirais pas. Contente-toi de te rappeler que j'ai joué à la guerre avec toi et que je ne t'ai pas trop mal conseillé, puisque nous sommes encore vivants. Il y a des grilles?

– Non; un gros grillage haut comme ça. Tiens, à peu près comme toi quand tu es debout.

– Avec les mailles en biais et le haut en pointe, hein?

– Oui.

– Je connais le modèle, ce n'est rien du tout. Mais on manque de prise et on perd du temps. On aura une échelle double légère en aluminium pour enjamber et de gros gants pour ne pas se faire mal aux mains. On préparera tout en détail. Alors c'est d'accord?

– On va jouer à ça aussi, puisqu'il n'y a pas d'autre moyen, c'est vrai. Mais surtout, on n'en est plus à une bêtise près.

– Ça, c'est sûr. Mais il vaut mieux qu'on ne s'absente pas trop longtemps.

– Je voulais te le dire. Je préférerais ne pas laisser l'enfant plus d'une journée.

– Et c'est justement ce que j'allais te proposer. Tu vois bien qu'on est d'accord. Le jour fixé, on part le matin, on emporte de quoi manger pour ne pas se faire voir au restaurant.

– Qu'est-ce que ça peut faire?

171

— Tant qu'à faire les idiots, autant le faire avec soin. L'après-midi, on prend des tickets pour visiter et tu me montres l'endroit. Ensuite on va dans une autre banlieue et, s'il nous manque de l'équipement, je l'achète. On fait le coup à trois heures du matin et on prend tout de suite la route du retour. On arrive au petit jour. On n'a été partis qu'une journée et Pascal a la surprise.

— Et s'il est déçu?

— Ça m'étonnerait.

39

Verdun a raison. Pour conjurer, sinon le malheur fatal de l'enfant, du moins le désespoir qui, à la conscience de ce malheur, à chaque instant peut l'étreindre, je dois me battre et me débattre, et nous n'en sommes plus à avoir du respect humain et observer les principes du temps de paix. Nous sommes en temps de guerre, quand la méchante loi de la jungle a repris ses droits. Moi seul je dois faire en sorte de veiller à assouvir certains des rêves de mon fils qui va mourir. Personne d'autre ne s'en occupera à ma place. Et, si je dois pour cela aller voler une paire de loups sur le territoire de la République, cela m'est bien égal. Les gouvernements ne m'ont pas demandé mon avis avant de faire pleuvoir à nos côtés une bombe atomique qui nous a empoisonnés. Chacun pour soi.

En plan, ce parc zoologique a la forme d'un vaste triangle bordé par trois avenues.

Tout se passe ponctuellement comme Verdun l'a décidé. Nous visitons les bêtes dans l'après-midi, entre les groupes de promeneurs. (Pourquoi, dans tout groupe de touristes, y a-t-il une Suédoise, un soldat, deux enfants jumeaux et un Noir en costume croisé?) Le Tartare ne ralentit pas même le pas en passant devant la cage des loups, mais je sais que son œil a photographié tous les détails de la serrure. Il s'absente deux minutes pour aller aux lavabos et en revient en connaissant les heures des rondes de nuit. Comment fait-il? C'est son secret.

Nous repartons, faisons quelques courses. La soirée, le début de la nuit passent. Nous faisons lentement le tour du zoo, en voiture. Des lampadaires se dressent de loin en loin sur le trottoir, dressant haut des luminaires sphériques semblables à des globes d'opaline blanche. Verdun pose sa main sur mon bras pour que je ralentisse. En silence, dans un espace moins éclairé, à distance égale de deux lampadaires, je braque vers le trottoir où la grande voiture se hisse souplement d'un mouvement de hanches. Nous sommes à un mètre du grillage. Verdun enfile ses gants, me tend les miens, ouvre la malle, ajuste la petite échelle double d'aluminium et la place à cheval sur la clôture, que nous franchissons. Aucun bruit. Nous sommes dans la place. Des bouffées d'odeurs fauves nous assaillent. Tout à coup, très proche, rauque et puissant, un rugissement de lion s'élève du fond des mondes. Je ne peux maîtriser un frémissement. Mais déjà Verdun a placé l'échelle sur le grillage suivant, à larges mailles carrées cette fois. Nous le passons, ainsi que le troisième. Nous voici de nouveau, en hors-la-loi, sur le sol goudronné de l'allée que nous arpentions cet après-midi en visiteurs paisibles. Campé à quelques mètres, calme, debout, tourné vers nous, un chameau d'Asie à deux bosses nous regarde en mâchonnant sa lèvre inférieure. Nous avançons vers les chenils à ciel ouvert. La hyène immonde continue à marcher en cercles dans sa cage, de son allure dansée d'animal inverti. Comme les pensées bizarres viennent toujours aux moments les plus saugrenus, je me souviens en cet instant que les Egyptiens antiques croyaient que la hyène changeait de sexe tous les ans. Elle en a bien l'air. Les loups, au contraire, ne bougent pas. Réveillés par notre présence qu'ils ont entendue et sentie, – mais dorment-ils jamais la nuit? – ils sont debout, absolument de sang-froid, leurs yeux phosphorescents posés sur nous en silence. Nous nous approchons. Verdun ouvre une boîte de plastique dont il a préparé le contenu à Hérode et leur lance des boulettes de viande traitée aux anesthésiants. Les loups baissent la tête pour les flairer mais n'y touchent pas et, de nouveau, solidement campés sur leurs pattes, nous dévisagent.

– Nous sommes mal partis, me glisse le Mongol à l'oreille. On vient de leur donner à manger. Ils n'ont plus faim. Je n'ai pas d'autre moyen de les endormir. Commence toujours à t'occuper de la serrure. Je vais réfléchir.

Il faut faire vite. Je prends dans le sac à outils que nous avons apporté une lame de scie à métaux nue, sans bâti, et, passant derrière la cage, au point haut de la pelouse, je la faufile entre le pêne et la gâche et commence à entamer l'acier d'un mouvement régulier et doux de va-et-vient. D'une burette, je fais tomber de l'huile goutte à goutte sur l'entaille pour atténuer les bruits de grincement. Verdun surgit brusquement devant moi et pose sa main sur mon poignet pour suspendre mon geste. De l'autre bras, tendu vers l'avenue dont les lueurs transpercent le feuillage des arbres, il me montre la masse noir et blanc d'une camionnette de police qui glisse lentement sur la chaussée. Elle ralentit encore au niveau de la grande voiture, puis reprend de la vitesse et disparaît.

– Finissons-en, dit Verdun.

Je scie les dernières fibres de métal et, poussant la porte qui ne grince pas car nous avons huilé aussi les gonds, nous entrons dans la cage. En guise de pièges, nous tenons ouverts dans les mains de gros sacs de toile brune à œillets de cuivre, comme les sacs de marin. D'un geste très vif, élégant, d'une rapidité stupéfiante, un loup a foncé vers Verdun, les mâchoires ouvertes. Mais le Tartare a réagi plus vite encore. Evitant la charge d'un simple mouve-

175

ment de hanches, il abat sa nasse et fait le loup prisonnier. Tandis qu'il glisse le cadenas de cuivre, il me dit à voix basse :

– Sois prudent : c'est la louve qui reste.

Mais je suis moins adroit que lui. Il n'a même pas le temps de finir sa phrase que la louve m'a mordu, ayant sauté sur moi d'un élan foudroyant et, son œuvre faite, a regagné le coin de la cage. Verdun pose à terre la poche de toile dans laquelle le loup qu'il a pris ne remue même pas; il me prend le second sac des mains. Il avance vers la louve en lui parlant. J'entends :

– ... l'intéressante, hein? L'enfant ne sera pas...

L'homme et le fauve se regardent fixement dans les yeux et l'on dirait que la louve convient de s'abandonner à son sort. Elle ne se débat plus tandis qu'on l'enferme dans le sac. Verdun me le tend, ne pouvant porter les deux.

– On s'en va. Ta main, ça ira?

– Ça ira.

Chargés, nous replaçons l'échelle et franchissons de nouveau les grillages, vers la liberté cette fois, vers le monde. Les loups se laissent porter sans broncher. Je n'ai même pas eu le temps d'avoir peur que nous soyons surpris, ni de souffrir de l'atmosphère oppressante du zoo où tant d'animaux dangereux, qui ne dorment pas la nuit, sont groupés sur aussi peu d'espace.

Nous avons posé les sacs à terre au pied de la malle de la voiture, qui est équipée pour le transport des chiens de chasse, où des aérateurs permettent la respiration. Ouvrant le battant, Verdun me dit :

– Je les libérerais bien, mais nous ne pouvons pas prendre de risque. Si l'un d'eux s'enfuyait sur l'avenue, nous serions les fous du roi. Tu pourras conduire?

– Ne t'inquiète pas.

– Il y a du whisky dans la voiture.

176

Verdun est un combattant. Il ne destine pas l'alcool à notre agrément mais à désinfecter ma blessure. Je ne bronche pas, mais c'est sans stoïcisme : simplement je ne sens rien. Ma main, dans la paume et sur le dos de laquelle on distingue la marque très nette des dents de la louve, est insensible et à demi paralysée. J'amorce un geste vers la clef de contact pour mettre le moteur en route. Verdun me retient.

– Les archers reviennent. Laisse-moi faire.

Je jette un coup d'œil au rétroviseur et vois en effet grossir et se rapprocher le petit car de police.

Une lampe bleue en forme de dôme, comme on en voit sur les ambulances, brille sur son toit et l'on peut lire, lumineuse également, l'inscription « police ». Quand le véhicule Citroën s'arrête à mes côtés, portière contre portière, je suis seul à bord de la grande voiture dont le capot est ouvert. Je cache ma main blessée sous le tableau de bord. Le sergent de ville galonné qui commande apparemment la patrouille, assis près du chauffeur, abaisse la vitre de sa portière et, sans bouger de son siège, me demande :

– Vous êtes en difficulté ? Votre voiture était vide quand nous sommes passés tout à l'heure.

– J'étais à la recherche d'un dépanneur.

On entend un bruit de tôlerie sous le capot ouvert, et nous en voyons émerger une tête de Tartare coiffée d'une malpropre casquette de garagiste.

– C'était le delco, Monsieur, profère ce mécanicien surprenant. J'ai réglé les vis platinées. Cela devrait partir maintenant. Voulez-vous essayer ?

Tandis que mon complice s'accoude au garde-boue pour mieux observer ce qui se passe dans les profondeurs du moteur, je tourne la clef de contact pour déclencher le démarreur et naturellement la machine, qui n'avait jamais eu d'avatar, se met en

177

marche à la perfection. Verdun contemple son œuvre avec satisfaction, puis rejette, d'un coup de pouce sous la visière, sa casquette graisseuse en arrière.

— Eh bien! voilà, elle tourne comme une horloge.

— Je vous dois combien?

— Deux mille anciens francs. Vous me ramenez au garage?

— Avec plaisir.

Le mécanicien range ses outils et les dispose soigneusement dans le sac de cuir qui, tout à l'heure, recelait les instruments nécessaires pour voler des loups. Il se dirige vers moi. Sans me déplacer, en client fortuné, légèrement las d'avoir eu une panne en pleine nuit, mais conscient de ma chance d'avoir trouvé un dépanneur capable, j'ouvre de l'intérieur la portière du passager. Verdun monte et prend place, son sac d'outils sur les genoux. Je me retourne vers l'archer en chef :

— Vous voyez, Messieurs, tout est bien qui finit bien.

Je fais en secret ma prière pour qu'il en soit ainsi, tandis que je souris avec assurance, de l'air discrètement accablé du Monsieur de bonne compagnie qui commence à avoir sommeil. Cependant je regarde le policier droit dans les yeux. J'y discerne une dernière réticence et un tardif soupçon. Mais après tout il a sans doute sommeil lui aussi et sa méfiance se dissipe. Il porte nonchalamment un doigt à la visière de son képi pour me saluer et fait signe à son chauffeur de repartir. Nous regardons disparaître la lueur bleue au bout de la route puis démarrons à notre tour. Je me tourne vers Verdun.

— Ils ont pris notre numéro?

— Penses-tu! Même pas.

40

Nous roulons sur l'autoroute du Sud à la chaussée presque déserte. Dans l'habitacle de la voiture bien chauffée, alors que les écharpes de brume que notre élan déchire dans la nuit donnent un sentiment de froid, nous nous sentons à l'aise, à l'abri. Je songe à ces « maisons », ces endroits en miniature, à son échelle, que l'enfant a pour habitude de s'aménager en guise de refuge, à Paris sur le faîte des placards, ou à Hérode dans les branches du cèdre de la cour et sous les toits du château près du chemin de ronde. L'auto marche bien et, dans le chuintement doux de son moteur, fonce dans l'obscurité, aspirée par le tapis de lumière de ses phares. Nous sommes, comme les enfants dans les « maisons » qu'ils installent, en paix dans le confort et la certitude de notre voyage. Verdun débouche un thermos de café et m'en tend un gobelet brûlant. Je lui propose que nous nous arrêtions dans un bistrot de routiers.

– Mais non, je te l'ai dit. Autant bien faire ce qu'on fait. Mieux vaut que personne n'ait l'occasion de se souvenir de nous.

– Tu crois que nous nous ferons prendre ?

– Je ne crois pas. C'est trop énorme. Personne n'a jamais volé de loups.

– Cela me fâcherait d'attirer des ennuis aux gardiens.

179

— Pourquoi veux-tu qu'on leur en fasse? Ils prouveront qu'ils ont fait leurs rondes aux heures habituelles. Le reste, ils n'y peuvent rien. Ce n'est pas leur affaire. Ils sont syndiqués.

— J'ai un complexe.

— Si tu y tiens, envoie un chèque pour les dédommager. Tu te feras prendre et ça ne rendra absolument service à personne. Que veux-tu que ça fasse à la France, la perte d'une paire de loups? Elle n'en est pas à deux loups près.

— Tu as peut-être raison.

— J'ai toujours raison. Et ta main, ça va?

— Oui. Je crois qu'elle est moins engourdie.

— Si tu es fatigué, je peux conduire.

— Merci, ça va.

Nous sentons vraiment notre solidarité aussi fermement que si nous nous étreignions par le bras. Les Allemands disent que, pour se sentir tout à fait frères, il faut avoir volé des chevaux ensemble. Alors, quand on a volé des loups, jusqu'où la fraternité ne s'affirme-t-elle pas? La route se déroule, les kilomètres s'enfuient et les heures passent. Nous ne disons rien. Nous sommes seulement conscients d'exister, l'un et l'autre, l'un par l'autre, et dans un sens, au cœur de notre peine, de nos soucis pour Pascal, nous sommes heureux.

— Laurent?

— Oui?

— Tu as eu raison de ne pas passer chez toi ni à ton bureau. C'était plus prudent.

— Tiens. Je n'y avais pas pensé. C'est simplement que je n'y avais pas pensé.

— Je t'aime bien. Tu t'es bien débrouillé avec la scie.

— Et toi pour tout.

— Je mourais de peur.

— Moi aussi.

— Tu n'as pas besoin d'essence?

— Non. J'en ai pour aller jusqu'à Clermont.

180

– On arrivera à Hérode à l'aube, comme on avait pensé.

– Comme *tu* avais pensé. C'est toi qui as fait le plan. Je n'ai fait que suivre.

– Bien suivre, c'est difficile. Tu as vu comme elle t'a mordu?

– Oui. Je n'avais même pas eu le temps de la voir.

– Ils sont drôlement rapides et décidés.

– Oui.

– Je commence à croire que Pascal a raison de s'intéresser aux loups à ce point-là. S'ils avaient seulement crié, on était peut-être pris. Ils ont vraiment du sang-froid. Dire qu'ils sont dans la malle. Je me demande ce qu'ils peuvent penser.

– Ils ne pensent rien. Ils attendent.

– « Attends. Tu verras? »

– Oui. On en revient toujours là.

A l'entrée de Clermont, dans le petit jour pâle, je m'arrête à une station-service qui vient d'ouvrir pour faire le plein d'essence. Je suis soulagé de descendre de voiture et dénouer mes muscles engourdis par une trop longue immobilité dans la position assise. J'ai particulièrement mal dans le dos et lance plusieurs fois vers l'arrière mes bras tendus à l'horizontale pour chasser la crampe. Quand j'étais au volant, les gestes du pilotage étaient pour moi machinaux mais, maintenant, je sens la fatigue s'abattre sur mes épaules. Allant me laver les mains, traversant l'aire de béton du garage, j'entends, venant vers nous, de la direction de Riom comme nous, le bruit de tap-tap-tap des sabots du cheval d'une vieille carriole que nous venons de dépasser. Je me retourne de son côté et vois se balancer dans la brume la lanterne vénitienne rouge qui la signale. Dans l'autre direction, du côté de Clermont, deux halos jaunes signalent les phares de quelque camion. J'entre dans le bâtiment. Mon reflet dans le miroir au-dessus du lavabo est blême et me regarde d'un air morne. Je fais couler de l'eau dans mes paumes et m'asperge le visage. Puis du bout des doigts, je masse mes orbites et ma nuque, où semble s'être réfugiée la fatigue. Je suis en train de me peigner quand j'entends un fracas véhément. Je replace le peigne dans son étui de cuir noir et le tout dans la poche de poitrine de mon veston puis, refermant soigneusement derrière moi le battant de la porte, je reviens à l'extérieur vérifier si une nouvelle bombe atomique vient de s'abattre au milieu de la chaussée.

Il vient simplement d'arriver un accident, mais c'est encore trop. Que le malheur nous suive à la trace, je m'en passerais bien. A vingt mètres de la station, le gros regard jaune des phares du camion que je voyais tout à l'heure s'approcher, venant de Clermont, maintenant immobile, éclaire des décombres et l'agitation de gens qui arrivent en courant. En effet, de l'autre côté de la route, une devanture assez pauvre à laquelle je n'avais pas pris garde se trouve être celle d'un bistrot où des ouvriers prenaient le café de l'aube avant de gagner l'usine. Sa porte béante trace un rectangle de lumière sur le sol. Ne voyant ni Verdun ni le pompiste que j'avais payé avant de m'isoler, je traverse machinalement la route pour voir ce qui se passe. On reconnaît au premier coup d'œil que la carriole que nous avions dépassée en arrivant est venue se faire fracasser sous l'avant de ce poids lourd semi-remorque, masse noire énorme dans la pénombre, qui transporte d'innombrables bouteilles de gaz butane soigneusement alignées. Le moteur du camion, tournant au ralenti, halète doucement. Le chauffeur grimpe dans la cabine pour couper le contact. Le silence nous saisit. Le cheval gît mort, semblable à une outre énorme. La charrette n'est plus qu'un ramassis de petit bois. Le conducteur, un paysan âgé, est étendu sur le dos trois mètres plus loin, la tête curieusement de côté, les bras écartés et posés à terre dans la position du « haut-les-mains ». Sans doute s'agit-il d'un hasard, le choc qui l'a lancé à terre et tué ayant disposé ses membres dans cette attitude significative. Ou peut-être, dans le dernier centième de seconde, le malheureux vieillard, lancé dans les airs, ayant vu la mort face à face et ne voulant pas mourir encore, pas encore, avait-il, dans un dernier réflexe de crainte, dressé ses avant-bras, comme ces soldats qu'on fait prisonniers, à la guerre, parce que débouchant au coin du bois sur un poste de mitrailleuses et se voyant perdus de manière fatale, ils se sont écriés :

– Camarade!

– Camarade! a dû crier le vieux paysan. Mais il était trop tard. La rafale de mitrailleuse partait déjà, l'assaut foudroyant du pare-chocs énorme du camion l'atteignait déjà en pleine poitrine et l'envoyait à trois mètres s'écraser la nuque sur le bitume. Car lentement une flaque de sang noir s'étend sous ses cheveux blancs sur la chaussée, témoignant de la fracture ouverte : le sang même du cerveau, le plus intime qui soit, s'écoule sur la route à travers les fissures du crâne brisé. Un chien s'approche et commence à lécher ce sang. C'est insoutenable. Mais, avant que je puisse intervenir, un ouvrier lance un coup de pied sous le ventre du chien qui s'enfuit. Il n'aboie pas. Il se dérobe en silence, comme un loup. Autour de moi, tout le monde parle à la fois. On dit que le chauffeur du camion a freiné trop tard, mais que tout de même ce n'est pas sa faute car la carriole était venue en plein sur sa gauche. (C'est exact.) On dit que le blessé est mort, qu'il ne râle même plus, mais que tout de même il ne faut pas le déplacer avant l'arrivée de l'ambulance, qu'ils pourront peut-être le ranimer, on ne sait jamais, avec la chirurgie nouvelle, on a vu plus fort à la télévision. Quelqu'un dit qu'on a téléphoné à la police, mais ils sont en retard, c'est forcé, ils sont toujours en retard quand on a besoin d'eux. Et il faut être fou pour circuler avec un cheval, de nos jours; les paysans n'entendent rien au progrès, c'est bien connu. Si le vieux avait été en auto, rien ne serait arrivé. Et un autre demande comment il aurait fait pour se payer une auto; ses vêtements sont tout rapiécés. Là n'est pas le problème, c'est la faute du gouvernement; s'il y avait des autoroutes comme partout, tout cela n'arriverait pas. Et il n'a pas dû souffrir, vraiment sur la nuque, comme ça, le coup du lapin, c'est la mort idéale. Eh Paul, tu as vu, c'est juste le même accident qu'à Gannat l'autre mardi. Oui, mais l'autre mardi, c'était différent, car ce n'était pas un camion de bouteilles de gaz. L'autre, il transportait des bidons de lait, tu ne t'en souviens pas? Ah oui, des bidons de lait, c'est vrai, c'était différent, mais lait ou gaz, quand on est mort c'est pour longtemps. Et l'usine, c'est à moins le quart, on n'a plus le temps de rigoler. Rigoler, tu as de ces mots, je te jure. Oh, je disais ça pour causer, sans penser à mal.

L'approche d'une sirène met fin au débat et tout le monde se disperse. La camionnette noir et blanc de la police se gare sur le bas-côté et les archers demandent aux gens qui restent de s'écarter. Ils haussent les épaules et s'en vont. Une ambulance arrive et deux infirmiers coiffés de calottes blanches placent l'infortuné vieillard sur une civière aux brancards chromés. Ils recouvrent son corps et son visage d'une couverture bleue, de laine, portant des inscriptions en lettres noires, le déposent dans leur voiture, ferment la porte et repartent, tandis que la lumière bleue qui orne leur toit clignote dans le petit jour. Soudain je m'aperçois qu'il fait très froid et Verdun pose sa main sur mon bras.

– Viens. Il faut qu'on parte. Je t'expliquerai.

Nous retraversons la route pour regagner la grande voiture. Je démarre lentement et un agent motocycliste me fait signe de passer. Verdun paraît maussade. Nous traversons sans mot dire la ville déserte et gagnons la route de la montagne.

— Tu as vu l'accident? demandé-je à Verdun.

— Ne m'en parle pas. C'est une saloperie.

— Mais pourquoi la carriole était-elle en plein à gauche? On aurait cru qu'elle s'était jetée dans le camion.

— Exactement. Le cheval s'est emballé. Il est venu fou, a foncé en biais et le vieux s'est débattu en vain pour le retenir. Je l'ai vu. Il était debout, tirant les rênes à pleins poings et hurlant. Il n'a rien pu faire.

— Mais comment est-ce possible?

— C'est affreux, parce que je crois que c'est notre faute. Je crois que le cheval a senti les loups à travers les aérateurs de la malle. C'était pour ça qu'il valait mieux partir.

— Je ne suis pas de ton avis. Mort d'homme, cette fois c'est sérieux. Il faut qu'on y retourne pour s'expliquer.

— Tu es fou, oui? Il est mort, il est mort, tu ne le ressusciteras pas. De toute façon, c'était son heure. Et puis je me suis peut-être trompé, hein? Si ça se trouve, le cheval a simplement été piqué au cul par une guêpe.

— Non. Je crois que tu as raison.

— Moi aussi, mais à la guerre personne ne sait où tombent les obus. On n'en est pas maître.

C'est ainsi qu'après notre expédition aberrante et peut-être victorieuse, nous regagnons Hérode dans le chagrin.

— Allons, me dit Verdun, ne te casse pas la tête. Je me renseignerai sur ce vieux et, si on peut aider sa famille, je te le dirai. Pense plutôt à Pascal. C'est lui dont tu es responsable. C'est lui ton prochain, comme disent les curés.

Et je pense à Nietzsche, qui exaltait l'amour du plus lointain et précisait durement : « Quand vous n'êtes que cinq ensemble, il y en a toujours un sixième qui doit mourir. » Que faire?

La vue des tours, immuables et sereines dans le brouillard, me fait un peu de bien. Les pierres, c'est si froid et si calme que ce voisinage apaise. Cela abrite bien la souffrance. En arrivant, avant d'atteindre la poterne de la cour, Verdun me fait tourner dans le chemin qui longe les fondations et gagner le chenil. Je me gare en marche arrière devant les grilles semblables à celles de la cage du zoo. Verdun ouvre la malle, en retire les sacs bruns et, à la lettre, « les vide » des fauves qu'ils ont tenus prisonniers, sur le dallage de ciment dont Pascal a balayé les feuilles mortes à leur destination. Nous refermons la porte et je les regarde. Imperturbables, ils s'ébrouent sans excès, comme les animaux exposés à la pluie qui chassent l'eau de leur pelage, puis reprennent posément l'attitude même qu'ils avaient au zoo : debout, le museau contre la grille, regardant au loin sans impatience. Ils viennent, sans le savoir (ou le sachant?) de remplir une fois de plus leur mission : sans doute, à Clermont, indirectement, ils ont tué. Mais on ne peut leur en faire grief puisque, précisément, c'était leur mission. Ils existaient selon leur nature et leur odeur a suffi pour donner la mort. Nous les laissons à leurs songes et rentrons chez nous. Nous sommes sur le pont depuis vingt-quatre heures et je suis bien fatigué cette fois. L'enfant n'est pas réveillé, mais Marinette me dit que tout va bien. Je fais ma toilette en songeant à ce que Verdun vient de m'apprendre : nous avons apporté à l'enfant une surprise supplémentaire; la louve est pleine. Elle attend des petits. Ils naîtront sans doute dans peu de semaines.

— Alors, me demande Pascal tandis que nous prenons face à face notre petit déjeuner, vous avez eu du mal?

— Pour quoi?

— Eh bien, pour les loups?

— Comment sais-tu qu'il s'agit de loups?

— Je ne vois pas pourquoi vous seriez partis si longtemps si ce n'était pas pour ça. Ils vont bien?

— Pas mal, oui. La louve attend des petits.

— Formidable. Ils sont dans le chenil?

— Oui, comme tu avais dit. Tu ne veux pas y courir?

— Maintenant qu'il sont là, plus rien n'est pressé. Comment s'appellent-ils?

— Je ne sais pas. Ils ne me l'ont pas dit. C'est toi qui leur donneras leur nom.

La main dans la main, nous descendons au chenil.

Les loups n'ont pas changé de posture. On dirait, depuis une heure qu'ils sont là, qu'ils n'ont pas bougé d'un millimètre. Ils sont toujours debout, regardant au loin, maintenant vers la forêt puisqu'ils sont face aux sapins, mais je m'avise enfin que ce calme n'est même pas celui de l'attente. Ils existent dans un pur silence. Je les admire. L'homme, lui, vit dans la frénésie. S'il progresse un peu, s'il monte plus haut en lui-même, il atteint à plus de paix et débouche dans l'anxiété silencieuse. S'il parvient encore plus loin, l'angoisse se mue en calme et sa condition devient l'attente. « Attends. Tu verras. » Mais il ne peut aller plus loin, plus haut. Non, il ne peut pas. L'air est trop raréfié pour ses poumons.

Or les loups sont passés au-delà. Ils sont plus loin, beaucoup plus loin, très loin au-delà. Ils ont dépassé depuis longtemps le stade de l'attente. Non seulement ils n'attendent plus rien, mais ils savent *qu'il n'y a rien à attendre*. Et cela leur est égal. Leur maîtrise est absolue. Leur nirvâna est quotidien. Ils sont présents dans une pure absence. Ils sont absents dans leur présence même. Ils administrent par leur seule existence une démonstration philosophique sans appel. C'était peut-être cela le rêve de Hegel.

— Je les connais, n'est-ce pas? demande l'enfant en les regardant posément.

— Oui. Ce sont ceux que nous avions vus ensemble.

— Vous avez bien fait de les prendre. Cela a dû être difficile, mais vous avez eu raison, parce qu'il faut faire vite, maintenant. Nous n'avons plus beaucoup de temps.

— Ne parle plus de l'avenir. Le présent suffit. Alors? Comment les nommes-tu?

— Tu sais, c'est important, le nom. On ne peut pas donner un nom comme ça, par caprice. Ce qu'il faut, c'est deviner le nom qu'ils ont déjà. Il y a un homme et une femme, n'est-ce pas?

– Oui. Et je t'ai même dit que la louve allait avoir des petits.

– Alors, à mon avis, ils s'appellent Adam et Eve.

42

Ainsi commence une nouvelle phase de notre vie car, dans les moments de paroxysme, il faut savoir être fou délibérément pour ne pas mourir sous le choc de la vie. Elle est elle-même folle absolument, jusqu'en ses racines les plus profondes et, dans le temps de crise, il faut savoir, par mimétisme, épouser sa folie. Rien ne pouvait sembler plus insensé que la prédilection d'un enfant pour les loups, rien n'était moins raisonnable que le geste d'un père allant voler des fauves dans le zoo d'une grande ville.

Pourtant c'était cela qu'il fallait faire, notre apaisement nouveau le prouve. J'ai montré à l'enfant la géométrie précise des plaies de ma main pour l'inciter à la prudence et lui faire comprendre qu'il ne fallait pas, pour le moment, s'approcher de ses dangereux compagnons. Il demeure longuement devant leur cage, les regardant. Les loups aussi le regardent et sans doute ainsi, dans cet échange silencieux, les amis imprévus (imprévus vraiment?) commencent-ils à faire connaissance. C'est l'après-midi que, parfois, les loups dorment, d'un sommeil léger, entrouvrant un œil au moindre sentiment d'une présence étrangère. Je présume qu'ils veillent la nuit. Je ne sais pas.

L'automne s'avance; les feuilles jaunissent et tombent mais il ne fait pas encore froid. Les loups, à ma connaissance, ne se sont pas encore aventurés dans le tunnel qui mène à la cave, celui que nous avons déblayé sur les indications de Pascal. Sans doute l'utiliseront-ils à la venue de l'hiver, pour se mettre à l'abri par temps de neige. Mais on dit que les loups aiment la neige.

C'est ainsi que vogue sur le temps ce que je nommais jadis notre bateau pirate, qui serait plus réellement une citadelle assiégée. Elle est entourée de tous les dangers du monde, mais elle est surtout minée par le pire : nous avons la peste à bord et c'est un drapeau noir qu'il faudrait faire flotter sur nos tours. Il ne peut rien nous arriver de pire que ce qui est advenu déjà. Celui d'entre nous qui devrait vivre le plus longtemps, couler une suite presque sans fin de jours heureux, l'enfant, c'est celui-là qui est frappé. Et le château, comme il convient à une citadelle assiégée, est chaque jour survolé par un avion. Il passe toujours à midi juste, très haut, dans le sens nord-sud exactement et je pense qu'il s'agit de l'avion long-courrier de Paris à Alger. Il passe, fatidique et régulier, et parfois les rayons du soleil miroitent sur ses flancs ou ses ailes gris argent.

Et je pense à tous ces avions qui, sans fin ni cesse, tournent au-dessus des divers pays du monde, où pourtant ne sévit pas la guerre, ces avions qui ne transportent pas des passagers pacifiques mais recèlent dans leurs flancs les bombes effrayantes qui peuvent raser les villes. Et parfois, par accident, l'une d'elles s'abat, en Corse par exemple. Je songe à ces grands bombardiers de soixante mètres de long, aux formes élégantes et effilées, emportant en attente les œufs funèbres où gît la mort de l'espèce humaine, qui tournoient dans la stratosphère suivant un itinéraire rigoureux, attendant l'ordre électronique, qui heureusement n'est pas venu jusqu'à présent, de jeter tout et d'en finir. Je pense à ces dix-huit cents fusées intercontinentales que possède, dit-on, le doux Occident, tandis que l'Orient à l'industrie moins puissante n'en possède, paraît-il, que le tiers. Je songe à ces sous-marins de haute croisière qui errent dans les grandes profondeurs, leur moteur atomique leur permettant d'aller des mois sans escales, indétectables aux radars, pouvant à chaque instant libérer l'envol d'une salve de missiles qui, jaillissant de la mer dans une gerbe d'écume, se dirigeront avec une précision terrifiante vers une ville endormie à des milliers de kilomètres, pour en faire un champ de cendres. Je songe à ces containers secrets qui reposent dans les hauts-fonds marins, à des emplacements mystérieux, ignorés de l'humanité entière sauf de quelques hommes assis derrière des pupitres électriques, là-bas, très loin. Et, à leur impulsion, les cylindres gris se dresseront silencieusement dans les eaux, soulevant leur robe d'algues et de coquillages et vomiront, à leur tour, une horrible mort pour des pays lointains. Je songe que le stock actuel d'explosifs atomiques, dans ces années soixante (or il augmente tous les jours) équivaut à plus de vingt tonnes de dynamite pour chaque homme, femme ou enfant de la terre. Chaque tête humaine, qu'elle soit de race rouge, blanche, jaune ou noire, se voit destiner la menace précise, pour elle seule, de plus de vingt tonnes d'explosifs, c'est-à-dire de quoi détruire des milliers de fois chaque personne.

Dans des silos, sont disposées les armes moins puissantes de l'armée de terre, en alerte, braquées en permanence vers des objectifs désignés. Je songe qu'il existe ainsi des fusées atomiques tactiques baptisées du nom de leur but : Paris, Moscou, Londres, Berlin ou Marseille. Peut-être, dans les grandes plaines du centre de l'Europe où s'est traditionnellement décidé le sort des guerres continentales, existe-t-il dans une casemate une fusée de petite taille sur laquelle un officier facétieux a écrit pour but : Château d'Hérode.

Mais non. Tout compte fait c'est improbable, non seulement parce que, en termes militaires, nous représentons l'un des objectifs les plus négligeables, mais surtout parce que *ce n'est pas la peine*. Le travail est déjà fait. La mort atomique nous l'emportons déjà avec nous dans notre dernière croisière, dans nos murs. Elle court déjà dans le sang de Pascal, celui d'entre nous qui importe. Il n'est plus nécessaire de tirer sur nous. Il n'y a qu'à nous laisser aller. Tout seuls, sans nouvelle attaque, nous allons vers le dénouement terrible. Nous avons la peste à bord.

Je monte à la bibliothèque, seul, et, pour faire diversion à ces pensées cruelles, j'ouvre le livre de Buffon où se trouve le chapitre sur les loups. Je ne l'avais pas lu depuis Paris. La chance – ou la malchance – me fait tomber sur le passage qui peut le mieux m'émouvoir. Il s'agit de la chasse au loup. Buffon explique que les chiens appréhendent de suivre la trace des loups et que seuls les lévriers, les plus bêtes, employés par meutes entières, permettent de le traquer à coup sûr. Encore faut-il les lâcher par vagues successives au fur et à mesure de leur passage et les faire épauler par un homme à cheval afin de les dissuader de revenir en arrière. Ils accablent à la longue le fauve que le veneur achève au couteau. Mais ils s'écartent encore de la bête morte et refusent de la manger.

On peut aussi chasser le loup à courre. « Mais comme il perce toujours droit en avant, et qu'il court tout un jour sans être rendu, cette chasse est ennuyeuse... »

Oui, notre chasse n'est pas amusante. Nous mourons en silence et sans larmes, sans simagrée aucune. Et puis après? N'est-ce pas notre droit? N'est-ce pas assez de mourir? Faudrait-il encore vous distraire? Notre souveraineté nous l'interdit.

Nous subirons bravement la chasse, voilà tout,

aussi bravement que nous pourrons, en bons loups gris qui savent leur métier : courir et se taire longtemps. Nous avons de bonnes jambes et parfois du courage. Nous ne nous déroberons pas. Nous courrons jusqu'au bout de nos forces, au bout de notre vie, au bout de notre peine, « perçant toujours droit en avant ». Et quand nous serons au bout de notre vie, à la fin de nos forces, au terme de nos peines, nous tomberons, haletants. Mais nous jouerons encore au grand jeu de la mort. Nous vous regarderons toujours, avec une insistance déplacée qui vous mettra, malgré votre fausse victoire, dans un état de profond malaise. Nous sommes durs à mourir, nous les loups. Nous regardons la vérité en face. Couchés à terre, nous verrons luire la lame de l'arme funèbre et nous ne broncherons pas. Nous ne chercherons pas à fuir. Nous n'y songerons même pas. A peine demeurera-t-il en nous un peu de colère, que vous lirez dans notre regard. Mais vous n'y verrez pas de crainte. Simplement, tandis que vous nous tuerez, nous vous regarderons fixement, de nos yeux perçants qui brillent dans la nuit. Et vous pressentirez alors, avec un frisson d'épouvante, que de longues années plus tard encore, le souvenir de ce regard pénétrant vous hantera et gâtera votre sommeil. Car nous vous aurons regardés sans haine, sans amertume, sans aucune considération.

Au moment de notre mort, nous vous bouleverserons par notre indifférence. Nous vous frapperons d'angoisse, du fond de notre éloignement. Vous porterez en nous la mort mais, par notre seul regard venu de si loin, nous vous frapperons à mort à votre tour. Par ces yeux brillants, devenus vitreux, ne vous voyant même pas, vous serez foudroyés. L'immense étendue de notre détachement vous brisera! Et, frappés de terreur, vous n'oserez pas même nous manger, chiens!

43

– Il est arrivé un malheur! me dit Pascal.

Je me retourne brusquement vers lui : il est si oppressant d'entendre nommer le malheur par l'enfant même qui incarne tous mes malheurs en un seul. Mais dès le second mouvement, je me raisonne. Avec les enfants, l'insolite est toujours le plus probable. Les proportions des événements ne sont jamais pour eux les mêmes que pour les adultes et, en fait de malheur, il s'agit peut-être seulement d'un avatar du wagon-grue du train électrique, dont l'attelage se serait brisé.

– Oui? De quoi s'agit-il?

– Eh bien, tu sais que tu m'as dit de ne plus sortir seul pendant quelques jours, à cause du cheval fou du père Vernet?

– Oui, et alors?

– Alors je cherche de nouveaux jeux dans la maison. Je suis descendu à la cave et me suis avancé dans le tunnel des loups...

– Je t'avais dit de ne pas y aller. Ils t'ont attaqué?

– Non, pas du tout. L'un d'eux est tombé dans le puits du couloir.

Au moment où le soulagement m'envahit, puisque l'enfant n'a rien, je le regarde et il se trouve que son image s'immobilise pour moi. Cela arrive quelquefois; c'est sans doute un effet de la fatigue. Tout se passe comme dans un film de cinéma dont on suspendrait brusquement la projection sur un plan. La photo se fixe ainsi sur l'écran de la perception intérieure et l'expérience prouve ensuite qu'elle marque également la mémoire. Oui, une telle vision prenant tout à coup l'intensité de l'inédit, de l'inoubliable, c'est celle-là même dont on ne se défera plus et, dans l'instant même où elle se manifeste, on pressent son exceptionnelle importance. Ainsi je vois l'enfant, comme si je le voyais pour la première fois, et je suis tout à coup frappé de sa beauté. J'en parle simplement, bien qu'il soit mon fils. Certes, je le trouvais plaisant, mâle et charmant à la fois, depuis toujours, mais tout compte fait, pour un témoin que n'auraient pas entraîné vers lui mes sentiments d'amour, il n'était pas essentiellement différent de nombreux autres petits garçons de dix ans, en cette époque où les enfants sont robustes et distingués de manière assez courante. Mais vraiment je m'avise brusquement qu'après ces mois de séjour à la campagne, en la constante compagnie de la pensée de la mort qui lui fut annoncée, il a changé profondément. Sans rien perdre de sa spontanéité, et de l'air d'enfance qui tient nécessairement à son âge et son état, il a mûri dans l'âme et cela se voit. Une certaine gravité et le sentiment perceptible de responsabilité qu'on n'acquiert d'habitude qu'à l'âge adulte ont posé sur lui leur marque. Et, tandis qu'ainsi son visage et son corps, son attitude, se sont virilisés, son sourire est devenu plus frais, plus jeune, si bien qu'on dirait qu'il a mystérieusement vieilli et rajeuni à la fois. Et c'est sans doute le cas. On voit parfois une telle expression sur le masque des vieux artistes d'une très grande maîtrise, qui ont tant, tant souffert qu'ils n'ont plus d'âge, sont plus vieux que les mondes, tandis qu'ils ont tant, tant travaillé, tant révélé au public d'œuvres d'une jeunesse éternelle, que cette jeunesse a rejailli sur eux et que, tout en étant les plus adultes des hommes, dotés de l'assurance d'eux-mêmes la plus digne, ils sont à la fois des enfants et des vieillards.

Pascal est devenu leur frère et leur compagnon d'armes, leur égal. Je songe qu'en effet, sans mot dire, il a peut-être bien souffert en peu de mois autant que ces vieux seigneurs imperturbables au long des longues dizaines d'années. Je suis fier d'avoir un tel fils. Je ne le mérite sans doute pas. A dix ans à peine, il est devenu à son tour un seigneur, qualité fondamentale que rien, rien ne peut conférer sans peine, sans douleur, ni la naissance, ni l'argent, ni la puissance. Ce n'est pas un privilège et pourtant c'est aussi un privilège, car il faut en porter la possibilité dans son cœur dès le principe. Néanmoins, il faut l'accueillir, dans l'effort et les larmes. Il n'existe rien au monde de plus grand. Cette dignité ne sert à rien. Elle ne se donne pas mais s'acquiert. Elle marque le seuil redoutable où la pauvre nature humaine, d'échec en échec, débouche dans l'immémoriale victoire. On la rencontre au moment où le vaincu, au plus profond du désespoir, se redresse pour conserver la face, refuse de se faire bander les yeux avant d'être fusillé et, regardant le peloton d'exécution, sans révolte et même sans défi, avec un calme sans appel, lui fait percevoir qu'il n'est rien, que les hommes qui fusillent s'écrouleront dans une médiocrité honteuse, dans le néant, tandis que le martyr vivra éternellement.

Mon enfant est devenu souverain et, quel que puisse être le dénouement de cette redoutable affaire, cela ne lui sera plus jamais ôté. Du hasard qui le frappa, il fit un destin. Et du destin qui l'accabla, s'en accommodant avec patience, avec la sagesse infinie de l'enfance, il fit une destinée qu'il assuma et, enfin, surmonta. Il en est à ce stade. Il est libre pour toujours.

Je continuerai, puisque le monde est un théâtre, à jouer ponctuellement à son égard le rôle du père, avec le plus de calme et le plus de sagesse que je pourrai, bien que j'en aie peu, et, si l'occasion en devient souhaitable, avec sévérité. Il ne s'agira que d'apparences. Au fond des choses, au fond de moi, je sais qu'il m'a désormais dépassé de très loin. Il m'a distancé absolument, peut-être parce qu'il est un enfant, peut-être parce qu'il va mourir, ou pour un milliard d'autres raisons que je n'ai pas à connaître et qui lui forment un mystérieux cortège. Il est mon fils mais aussi mon seigneur. Seigneur, seigneur, ne m'abandonne pas! Ne me laisse pas seul dans la nuit, tandis que tu marches au sein de la lumière!

L'enfant porte les cheveux un peu trop longs sur la nuque et souhaite les conserver ainsi, « parce que c'est la mode », dit-il. Il ne veut pas que je les lui fasse couper. Mais, curieusement, ils ne lui donnent pas l'air d'un garçon à la mode du XXᵉ siècle. Ils lui font une tête du Moyen Age, de jeune chevalier prince. En Occident, les œuvres d'art sont nombreuses et, finalement, un certain nombre de livres admirables ont déjà tout dit, tout raconté, et, parmi ceux-ci, celui que Pascal admire au-dessus de tout, le recueil des admirables romans dè La Table Ronde.

Je suis aux pieds de mon enfant, que je respecte au plus haut point, mais je ne veux pas non plus faire preuve d'une modestie ridicule, insincère et déplacée. J'admets même, au mieux, dans une hypothèse très bienveillante, que je puisse présenter des analogies avec le fameux Lancelot du Lac, qui fut l'un des plus chevaleresques combattants de son époque. Mais je me souviens aussi que l'amour de Lancelot du Lac comporta son revers et qu'à cause « de la faiblesse de ses reins », le bon soldat ne put jamais devenir le meilleur chevalier du monde, ne put jamais atteindre au Saint Graal. Et je sais que seul son fils Galaad, « le chevalier vierge », fut absolument grand. Lui, et lui seul put porter la main sur les mystères essentiels et, par là même, « mit fin aux temps aventureux ». Mon fils, mon fils dans la lumière, mon fils vêtu de blanc, mon fils au loup blessé!

– J'ai eu très peur, dit Pascal, car j'ai craint que le blessé soit la louve, Eve, et que les petits qu'elle porte soient en péril. Mais non. C'est le loup, Adam qui est tombé. Les planches qu'avait posées Verdun s'étaient déplacées.
– Le loup se plaint?
– Non, il se tait.
– Et Eve, où est-elle?
– Elle est debout à côté. Elle se tait aussi. Je l'ai approchée.
– Va prévenir Verdun. Dis-lui d'apporter une échelle.

Dans le pinceau lumineux de la torche électrique, nous voyons le loup étendu en cercle au fond du puits, à trois ou quatre mètres. Une de ses pattes de devant, assurément brisée, forme un angle anormal. Il lève calmement la tête et nous regarde sans aucune impatience. Je veux descendre le premier, mais Verdun m'en empêche, me disant que je ne sais pas m'y prendre et me suis déjà fait mordre une fois. Du fond du puits, il nous dit que le loup n'a pas la patte cassée mais l'épaule démise et que ce n'est rien. Puis il le prend carrément dans ses bras, silencieux et immobile, et remonte à l'échelle. C'est seulement au moment où il émerge près de nous que je m'avise que, depuis un bon moment déjà, depuis le début des opérations de sauvetage, nous côtoyons sans même y prendre garde la louve ombrageuse et redoutable, qui m'avait mordu à Paris avant même que je puisse me mettre en défense.
– Eh bien! voilà, dit Verdun, je vais reboucher le puits. Mais il fait froid déjà la nuit. Maintenant que

199

le loup ne peut plus marcher, il vaut mieux à mon avis l'installer à la cave.

A la lumière de ma lampe, il dépose le fauve sur le sol de terre battue, s'accroupit à ses côtés, tâte longuement son épaule de ses mains fortes et expertes puis, plaçant un pied sur son thorax, tire sur sa patte d'un geste brutal et précis. On entend un craquement sec, accompagné d'un bref jappement du loup, puis celui-ci se recouche et ferme les yeux. Sa patte atteinte a repris une position naturelle. Verdun rabaisse les manches de sa chemise. La louve s'avance vers lui et lui donne sur les mains un rapide coup de langue, un seul. Elle lèche aussi l'épaule du loup, puis s'étend à ses côtés.

Au moment où nous quittons la cave, je me retourne et vois les deux loups, couchés tête-bêche, qui nous regardent en silence.

44

— Le loup sera malade longtemps? demande Pascal à Verdun.

— Je ne crois pas. Dans quelques jours il sera de nouveau debout dans le chenil. Tu verras.

— Il regardera la forêt?

— Je n'en sais rien, mais c'est probable. Seulement nous devons désormais nous organiser autrement. Je me suis occupé de tes loups jusqu'à présent. Maintenant je n'ai plus le temps de le faire. C'est toi que ça regarde. Pour commencer, va demander une écuelle d'eau à Marinette et descends-leur à boire.

— D'accord.

L'enfant sort. Je me tourne vers Verdun.

— Tu le laisses aller seul?

— Oui.

— Tu n'as pas peur qu'il lui arrive quelque chose?

— Non. Il ne risque rien. Plus maintenant.

Je suis assez entreprenant et serais volontiers autoritaire. Mais la vie m'a appris à me contenir, attendre et voir avant de trancher. Certes je n'aurais jamais osé, de ma propre impulsion, envoyer l'enfant seul auprès des loups. Mais le fait est que nous venons de vivre auprès d'eux sans dommage. Et surtout je fais confiance à Verdun, à son profond instinct de la vie, plus concret que le mien. Lui aussi aime l'enfant à l'excès, ne voudrait en aucun cas

201

l'exposer. S'il décide donc que le moment est venu d'envoyer Pascal sans garde dans la société des loups, je suis prêt à en partager le risque avec lui. Ceux qui vivent à la terre sont capables non seulement de penser mais de « sentir » ce qu'il faut faire; et c'est toujours ainsi qu'on perçoit l'essentiel. Toujours il faut avoir une vision globale avant de prendre une décision particulière.

Tout de même j'éprouve quelque difficulté à maîtriser mon impulsion de me jeter dans l'escalier pour voir ce qui se passe à la cave et, s'il le faut, protéger l'enfant. Mais Verdun a raison et j'ai tort de m'inquiéter. Bientôt Pascal revient resplendissant. On voit que sa nouvelle responsabilité, sa mission, le remplit de fierté. Donner à boire et à manger aux loups, quel honneur! C'est la première fois depuis notre arrivée ici que Pascal semble totalement heureux, plus encore, plus profondément que le jour de la livraison du tracteur. Une nouvelle étape de notre vie commence. Une encore! Puisse-t-il y en avoir beaucoup d'autres!

Les loups viennent d'entrer dans la famille. Notre intimité avec eux est devenue complète. Matin et soir, désormais, l'enfant leur porte l'eau et la viande. « Leur appétit pour la chair est des plus véhéments », dit Buffon.

Le comportement de Marinette aussi à changé. Quand elle a découvert que nous avions ramené les loups, elle a dit seulement : – O pauvres! – ce qui, une fois traduit de l'auvergnat, signifiait clairement qu'elle nous tenait pour fous. Elle ne le dirait plus aujourd'hui. Au contraire c'est avec soin et une sorte de respect qu'elle prépare à chaque repas, pour l'enfant, la pitance des loups. Elle aussi, sans pourtant connaître le mal secret, tragique, qui a frappé Pascal, pressent que ce qui se passe en ce moment dans nos murs échappe à toute norme commune et qu'il nous faut épouser l'invraisem-

blable, parce qu'il est devenu pour nous le plus
naturel.

Brisé de fatigue, je monte me coucher, plus tôt
que les autres, avant Pascal lui-même. Passant dans
la salle de bains, je vois tout à coup mon visage
comme si je l'apercevais pour la première fois. Je
vis maintenant parmi les visions. Je ne me reconnais pas. Certes, mes cheveux ont blanchi sur les
tempes, de manière assez impressionnante depuis
mon départ de Paris. Cependant, mon visage est
plus lisse, plus calme que je ne l'ai jamais vu et je le
regarde comme celui d'un autre. A l'égal de l'enfant,
on dirait que j'ai rajeuni. Comme lui – mais bien
moins que lui, bien sûr –, il semble que je deviens
calme pour la première fois de ma vie. Car je ne
l'étais pas lors de mes débuts dans les affaires. Je
vivais dans l'angoisse et ma vieillesse était extrême.
A trente ans, je vivais dans l'épouvante. Certes, je ne
travaillais pas mal et je l'emportais assez souvent,
mais je vivais dans la peur. Aujourd'hui tout m'est
égal. Seul ce qui touche à la santé de l'enfant
m'importe et peut-être approché-je, en effet, d'une
mystérieuse récompense? Elle me serait, alors, donnée par mimétisme. Aimant l'enfant plus que moi-
même, je pourrais peut-être bénéficier, par conta-
gion, d'une part de sa propre enfance? Je devien-
drais, non pas son égal – l'hypothèse est invraisem-
blable et, quand bien même elle ne le serait pas, je
ne voudrais pas admettre une telle éventualité, elle
me semblerait profanatoire –, mais son équipier,
quelque gentilhomme de la suite, sans relief, habillé
de noir, dans le coin du tableau, derrière un per-
sonnage de sang royal.

Je passe une nuit paisible. Au bout du chagrin, j'ai
retrouvé le sommeil. Au matin Pascal, après avoir
porté à ses loups leur premier repas de la journée,
veut faire une partie d'échecs avec moi et me
procure la plus grande joie possible : pour la pre-

mière fois depuis que nous jouons ensemble, il me bat. Il joue vite, d'instinct, avec sûreté et vraiment, sans que j'y mette aucune complaisance, sans que je lui laisse la partie belle, il l'emporte nettement. Ensuite, rangeant les pièces de buis dans leur boîte vernie, avec des gestes mesurés, il s'excuse auprès de moi de sa victoire. Je souris. Je suis ravi. Je songe que nous sommes vraiment devenus avisés, vraiment capables. Il n'y a plus d'imprécision, d'amateurisme en nous. Nous voici des professionnels. (Mais des professionnels de quoi? De l'élevage des loups? De l'attente de la mort?)

Simplement, chaque jour à midi, je ne peux retenir un réflexe de chagrin, un mouvement d'exaspération quand je vois, quand j'entends le grand avion de ligne passer au-dessus de nos têtes, suivant avec une précision rigoureuse la direction nord-sud. Je n'aime pas cet avion. A vrai dire, je le hais franchement. Mais je ne peux pas, à mon tour, m'emparer d'une fusée à tête atomique pour l'abattre. Quand bien même j'aurais la possibilité pratique de jouer à ces jeux cruels, je ne voudrais pas le faire. Je n'ai jamais chassé, ni les bêtes, ni les avions, ni les hommes. « Tuer un homme pour le bien du monde, ce n'est pas agir pour le bien du monde », dit la sagesse de l'Orient.

Mais l'écho de ce moteur lointain, haut dans les cieux, réveille chaque jour mon insupportable obsession, ma vieille douleur, puisque cet avion m'oblige à me souvenir, je l'ai dit, des grands bombardiers intercontinentaux qui tournoient sans fin dans l'air rare des hautes altitudes. On ne peut avec une précision plus grande que ne le font ces vastes oiseaux de mort, exprimer combien est profonde la bassesse du cœur humain et combien l'art militaire, pour finir, s'y complaît. La foule, jadis, n'aimait pas les soldats, puisqu'ils dévastaient les récoltes et violaient les femmes, mais la même foule applaudissait les soldats, car ils incarnaient, au moment de leurs défilés, l'arme au poing, le drapeau au vent, la part sauvage que chacun porte en soi-même, son triste petit rêve de gloire. Mais au fil des siècles, les officiers supérieurs qui, sous Napoléon encore, affrontaient le feu, s'en sont éloignés toujours davantage. La menace des bombardiers atomiques exprime que nous avons aujourd'hui atteint le terme de cette dérobade sinistre. La pauvre foule désarmée (celle des femmes et des enfants qui, dans les métropoles, attend l'autobus pour rentrer à la maison) se trouve exposée en première ligne, tête nue, sous le ciel ouvert, vouée à mourir dans les flammes quand les œufs tragiques s'abattront. Et cependant les militaires de haut grade, à force de reculer sans cesse à partir de ce qui fut le front, se retrouvent les seuls à l'abri, loin derrière, dans l'épaisseur des montagnes bétonnées par les ouvriers, fermées par cent mille portes blindées. La foule civile vaque à ses occupations avec sang-froid sous menace constante de mort, de mort qu'elle n'a rien fait pour provoquer, contre laquelle elle ne peut se prémunir et de laquelle elle ne pourra se défendre. Et pendant ce temps les chefs de guerre, qui seuls peuvent déclencher ou retenir la foudre, sont sans doute les seuls à n'en pas risquer les atteintes suprêmes. C'est peu honorable.

La technique de la « dissuasion », de la menace réciproque par le pouvoir explosif de vingt tonnes de dynamite sur la tête de chaque promeneur est moins honorable encore. Car celui qui menace n'est jamais le plus viril des hommes. Celui qui porte sur soi un revolver et le brandit dans les cafés, ce n'est pas l'homme libre, c'est le voyou. Et il ne souhaite pas même appuyer sur la gâchette et déclencher l'action funèbre. Il lui suffit de pouvoir le faire et retenir son geste. Telle est sa très secrète et très sordide jouissance. Il est bien affligeant de constater que l'humanité entière en est aujourd'hui là.

On ne peut plus guère juger cet aboutissement déshonorant d'un mécanisme probablement fatal. Je l'ai dit : dès qu'on avait, il y a cent mille ans, lié au silex taillé un manche pour en faire une hache permettant de porter la mort violente cinquante centimètres plus loin, on s'était engagé sur cette voie fatidique, où l'évolution industrielle du XIXᵉ siècle nous précipita dans un progrès foudroyant. Juge qui peut! Je ne souhaite pas le faire et cela semble impraticable. Je dois même, à ma honte, avouer qu'il m'advint, pour mon compte, de lancer une bombe atomique moi-même. Ce fut sur une souris. Dans mon enfance, j'avais toujours vu, à la campagne ou à la ville, les ménagères placer des pièges contre les souris et, quand l'une d'elles s'était fait prendre, se débarrasser de son petit corps gris et doux, en général encore vivant, en le jetant dans le foyer incandescent du fourneau. Je pense que cela s'est toujours fait. Je regardais faire avec une sourde horreur mais ne protestais pas. Personne n'eût écouté mes protestations et moi-même j'hésitais : cette cruauté n'était-elle pas inéluctable? Comment s'y prendre autrement? Pour mon châtiment, je me retrouvai l'an dernier dans cette situation. Venu pour le week-end à Hérode, je me trouvais seul à la bibliothèque, assis devant la cheminée où j'avais alimenté le feu pour qu'il brûle avec une certaine violence, afin de mieux me tenir compagnie. Plusieurs fois, j'entendis derrière moi un bruit de grignotement léger et, à la fin, me retournant brusquement, je découvris une adorable petit souris égarée, courant çà et là sur le tapis comme un jouet pour les enfants. Je la regardai faire un moment avec plaisir, mais à la fin je songeai que j'étais à la dernière soirée de mon séjour. Je repartirais demain à l'aube, pour être à mon bureau à Paris dans la matinée; je ne reviendrais plus de quinze jours, peut-être davantage et, si je laissais la petite souris en liberté durant tout ce temps, elle dévorerait sans faute plusieurs livres. (En général elles choisissent les plus anciens et les plus précieux, peut-être les meilleurs au goût, de même que les alcools s'améliorent avec l'âge, et mangent le coin du bas des reliures. Elles peuvent dévaster toute une rangée dans la semaine. Les œuvres complètes de Voltaire ne leur font pas le mois.) Je regardai donc la petite souris avec une tristesse nouvelle, ayant découvert que je devais la tuer. Cela ne paraissait pas difficile, car elle trottinait çà et là sans conviction, ralentie par la fatigue, ou peut-être trop jeune pour avoir acquis toute sa rapidité et toute son assurance. Je ne me sentais pas le courage, vraiment pas, de l'assommer d'un coup de pincettes, vraiment non. Mon regard tomba sur le feu et il me sembla, en fonction de ma propre lâcheté (ce serait le feu qui donnerait la mort et non moi, et ce serait une mort propre, de même qu'il existe des bombes à hydrogène « propres »), et aussi sans doute par une réminiscence fâcheuse du goût des cuisinières pour l'incinération, il me sembla que le feu permettrait d'en finir au meilleur compte. J'étourdis la petite souris d'une tape légère du manche du balai à cendres, comme d'une caresse, en m'excusant, et je te jure que je n'étais pas fier, je pris son petit corps anesthésié dans la pelle à feu et le jetai au cœur des flammes les plus hautes. Mais il se passa ceci d'atroce que l'intolérable chaleur de la combustion la tira de son engourdissement. Gêné de ce que je venais de commettre, j'avais déjà repris ma place dans un fauteuil et tourné une nouvelle page de mon livre – sans parvenir, je l'avoue, à la lire –, quand j'aperçus, stupéfait, un léger panache de cendres jaillir sur le côté, à la base du feu, au bord du lit de braises. Puis, trottinant, mais avec une certaine lenteur, la petite souris aux oreilles brûlées surgit au centre de la fournaise, de l'enfer atomique qui venait de faire rage et s'engagea sous un tas de petit bois. J'en étais malade. Je restai là, avant de me coucher, plusieurs heures encore, mais je n'ai pas lu vingt pages. Je ne savais que faire. Tenter de soigner la petite souris, c'était vraiment pousser l'hypocrisie trop loin. Je reculais devant une telle imposture. Dégager le petit bois pour l'attraper à nouveau et la lancer une nouvelle fois dans les flammes, pour de bon, jusqu'à ce que cendres s'ensuivent, c'était tout de même trop horrible. Et puis, je n'osais pas. Sans doute, par cette épreuve insoutenable et son triomphe provisoire d'une mort certaine, avait-elle mérité de vivre, comme au Moyen Age ceux qui avaient subi le jugement de Dieu. Je ne pouvais vraiment rien faire, ni la sauver (d'ailleurs elle était sans doute condamnée déjà) ni l'achever. La soirée s'écoula ainsi. Immobile, d'une fausse immobilité masquant ma tension, ma tristesse, mon inquiétude, je faisais semblant de lire, levant les yeux toutes les dix secondes vers le fagot. En général je ne distinguais pas la petite souris. Une fois sur cinq, elle passait sa tête grise entre les branchettes, en avant, à gauche ou à droite, et me regardait de ses petits yeux noirs bombés légèrement ternis, déjà vitreux, qui sans doute ne me voyaient pas. C'était insoutenable. On ne voyait pas sur elle de trace de combustion. Son pelage même n'était pas roussi. Mais tout son corps semblait légèrement racorni, comme celui des vieux éléphants, comme si elle avait tout à coup, en une seule seconde, au spectacle de l'abomination métaphysiquement pure, fabuleusement vieilli. Finalement, j'éteignis la lumière et allai me coucher, sans l'avoir revue dans les derniers moments, espérant qu'elle parviendrait à saisir sa chance que j'avais rendue infime, inexistante.

Le lendemain matin, avant de partir, je repassai à la bibliothèque et, devant la cheminée où le feu s'était éteint, où les cendres demeuraient à peine tièdes, je soulevai, le cœur tremblant, le fagot de petit bois. Je ne découvris rien. La petite souris n'était plus là. Elle avait tout de même trouvé la force de s'enfuir. Je ne la cherchai pas. Je rentrai à Paris où je n'eus plus le temps de penser à elle.

Je l'avais également oubliée quinze jours plus tard quand je revins. Mais tout à coup, déplaçant mon fauteuil, je découvris son petit cadavre. Il était aisément reconnaissable, toujours recroquevillé par le feu. Je le soulevai par le bout de la longue queue fine, comme on fait pour les corps des souris, afin de le lancer de nouveau dans le feu et d'effacer les traces. (Oui, dans un sens, j'agissais comme le criminel qui veut faire disparaître le corps, dans l'espoir insensé d'annuler le crime qu'il a commis, d'effacer par magie ce qu'il a fait.) Mais un dernier étonnement m'attendait : ce petit cadavre gris ne pesait absolument aucun poids. On eût dit tenir dans les doigts une feuille morte ou un timbre-poste. N'ayant jamais pris d'autre souris, je ne sais s'il en est toujours ainsi pour cet animal aux si petits os, mais je pense que non, que c'était propre à ma victime, que les flammes torrides avaient déshydratée, dont elles avaient fait, par ma faute, une petite momie vivante. Je la jetai dans le feu et il ne fut plus question de rien. Mais je ne m'en vante vraiment pas. Je doute, désormais, de tout.

Je hais l'armée, je hais la guerre, je hais les bombes dont l'une a frappé mon enfant dans son sang, mais j'hésite à juger quiconque puisque, sans cruauté je me suis montré moi-même le plus cruel des hommes. Le monde nous tient bien au piège! On ne peut s'échapper. Sans nul doute, la fabrication des bombes atomiques est un crime, le pire qui fut jamais commis sans doute, mais qui juger? Il faut pleurer. Il faut dans sa chair ressentir la honte, la honte pour quelques-uns. Parce qu'ils sont des hommes et nous aussi, elle se trouve être automatiquement la nôtre, la honte de l'humanité entière.

C'était peut-être cela qu'annonçaient les mythes quand ils parlaient du « péché originel », celui que l'espèce porte dans ses flancs et dont elle ne peut se défaire. Adam le commit, c'est-à-dire l'homme exemplaire, c'est-à-dire nous tous, de tous les temps. La « libido sciendi », l'avidité de connaître, de nature presque érotique, cela ne pardonne pas. A travers une suite infinie de siècles qui passent comme un jour, cela mène droit à un dénouement funèbre, aussi droit que la trajectoire de la flèche d'un archer expert fendant les airs, vers la cible. Pleurons pendant qu'il est encore temps. Mais cela même ne sert à rien. « Voici que je vous envoie des prophètes, des sages et des docteurs. Vous tuerez et crucifierez les uns, vous battrez de verges les autres dans vos synagogues et vous les poursuivrez de ville en ville : afin que retombe sur vous le sang innocent répandu sur la terre... »

45

Verdun avait bien deviné : le loup parfaitement soigné de ses mains a guéri rapidement. Dès le troisième jour, il avait par ses propres moyens regagné le chenil et repris sa posture solennelle, debout, tourné vers la forêt, le regard perdu dans les cieux gris annonçant un temps de neige, attendant et n'attendant même plus, existant en lui-même avec une autorité distante.

Près de lui, la louve est très visiblement grosse; je pense que la naissance des louveteaux est prochaine. Buffon dit qu'au moment de mettre bas, les louves « cherchent dans le bois un fort », un endroit soigneusement délimité par une végétation épaisse, et qu'elles y préparent un lit de mousse pour leurs couches. Les louveteaux, au nombre de cinq ou six le plus fréquemment, sont allaités peu de semaines, puis on commence à les accoutumer à la viande, la leur mâchant les premiers jours. Pascal, qui n'a jamais entendu parler de ces choses, puisque avant notre visite au zoo il n'avait vu loup de sa vie et qu'en Auvergne on n'en rencontre plus depuis cinquante ans, se consacre pourtant, instinctivement à préparer à la cave une belle litière, à l'aide de mousse et de paille. La louve s'accroupit près de lui et le regarde faire. Parfois elle se lève et prend dans sa gueule quelques poignées de paille pour en modifier la place et la disposition. D'autres fois elle s'étend, comme pour procéder à l'essai de leurs aménagements, et prend la main de l'enfant entre ses mâchoires, lui témoignant sa camaraderie et sa fraternité. La première fois que j'ai vu ce spectacle, j'ai frémi d'angoisse en voyant se refermer sur la paume de Pascal cette dentition puissante qui avait transpercé ma main comme une feuille de papier. Mais les temps ont changé. Les loups sont nos amis, maintenant. Ils sont surtout ceux de l'enfant, qui prend soin d'eux et leur porte leur nourriture.

Le père Vernet passe nous voir. Il n'a toujours pas retrouvé son cheval fou et nous rappelle à la prudence. Le temps s'assombrit encore. L'hiver est là cette fois. La neige, assurément, tombera bientôt.

Quatre louveteaux sont nés cette nuit. Ils ont les yeux fermés comme les chiots et la louve leur lèche les paupières avec patience. Pascal se tient souvent près d'eux, assis sur le sol de terre battue de la cave, près de la litière.

– Ce sont mes enfants, me dit l'enfant, sérieusement mais sans aucune tristesse, les yeux graves, pénétré de sa responsabilité. Mais je pense à une chose. Quand ils grandiront, je ne serai peut-être plus là. Alors il faut que je pense bien à tout préparer.

Et, laissant les louveteaux dormir, le museau dans les flancs de leur mère, il s'en va chez Verdun. Il vient de décider que le chenil était trop à découvert, trop exposé au vent, et qu'il fallait planter des sapins alentour. Verdun convient en effet que c'est la saison. Il faut planter les arbres d'hiver, quand ils n'ont pas de sève, ou mieux à l'automne et la date privilégiée passe pour être le 25 novembre. « A sainte Catherine, tout arbre prend racine. » Aussi Verdun sort sa voiture du garage et, tout l'après-midi, lui et l'enfant font la navette entre la forêt, où ils déracinent à la bêche de jeunes plants de sapins avec leur motte de terre, et les abords du chenil où ils les replantent.

— Crois-tu qu'ils pousseront vite? demande le soir, à la bibliothèque, l'enfant à Verdun qui est venu nous rejoindre.

— Cela dépend, car il y a plusieurs espèces. Mais il y a beaucoup de mélèzes et ceux-là grandiront rapidement, soixante centimètres par an au début, près d'un mètre après.

— Ça fait beaucoup, dit Pascal. Ce sera dommage vraiment que je ne le voie pas.

— Mais si, tu le verras.

— Du ciel?

— Non, de la fenêtre de ta chambre.

— Pas sûr. Le temps passe et il n'y en avait déjà pas tant. Enfin, j'espère en tout cas que ça durera jusqu'à Noël.

Noël, c'est dans un mois.

— A propos de Noël, que veux-tu comme cadeau?

— Oh! je ne sais pas, je préfère la surprise. Je te fais confiance.

L'enfant me regarde et sourit. Il ajoute, avec une amabilité extrême :

— Et même, tu sais, j'ai déjà le plus important. Toi, les loups et le tracteur bleu. Je suis sûr de ne pas m'ennuyer.

— Enfin, réfléchis. S'il te vient une idée, dis-le moi.

— Ce que j'aimerais bien...

— Oui?

— Ce que j'aimerais bien, c'est pouvoir vivre jusqu'à Pâques et voir la sève monter dans mes petits sapins. Mais tu n'y peux rien, malheureusement.

— Tu les verras.

— J'aimerais bien, mais j'ai peur que non. Je suis fatigué.

Sans force pour répondre, je prends l'enfant par la main, l'attire vers moi, le fais asseoir sur mes genoux et le serre dans mes bras. Il reste ainsi immobile, abandonné. Peu à peu ses yeux se ferment. Il s'endort. Verdun se retire sur la pointe des pieds. Je reste de longues heures devant la cheminée, regardant lentement s'éteindre le feu, car je ne peux me déplacer pour prendre une bûche, je réveillerais Pascal. Je reste seul dans la nuit, durant mille ou deux mille ans, tenant dans mes bras le poids de mon fils très lourd, très lourd, comme si le sommeil lui conférait un poids infini. Mes muscles immobiles sont envahis de crampes de plus en plus intenses, de plus en plus douloureuses. Mais je voudrais qu'elles soient pires, je voudrais souffrir davantage, je voudrais endurer le mal durant des millions d'années et que, durant tout ce temps, mon fils vive. Je ne pleure pas.

A la fin, dans la nuit, je descends, le tenant toujours dans mes bras, dans la chambre que maintenant nous partageons, et je le couche dans son petit lit voisin du mien. Je m'endors à mon tour, épuisé.

Je me réveille brusquement, en sursaut. L'enfant est penché sur moi et me parle. Il ne fait toujours pas jour. Mais quelle heure est-il donc?

— Papa? Papa?

— Oui, quelle heure est-il?

— Voici ta montre.

Me frottant les yeux, à demi endormi, je regarde le cadran à la lumière de la lampe de chevet que l'enfant a allumée.

— Mais il est quatre heures du matin. Tu es fou?

— Dis papa, on se lève?

— Mais que veux-tu qu'on fasse à cette heure-ci? Veux-tu te recoucher au contraire? Qu'est-ce qui te prend?

— Je peux me coucher avec toi?

– Bon. Pour une fois ça va bien. Dépêche-toi. Je vais éteindre.

L'enfant escalade mon lit. Il est presque nu.

– Mais qu'as-tu fait de ton pantalon de pyjama?

– Oh! rien, dit-il en se glissant dans les draps.

Machinalement, j'éteins. Mais, réfléchissant, j'allume de nouveau, me lève et vais examiner rapidement le lit de l'enfant. Le pantalon de pyjama humide est abandonné entre les draps ouverts. Il est visible que l'enfant a mouillé son lit, ce qui ne lui était plus arrivé depuis de longues années. Puisque, par pudeur, il n'a rien voulu me dire, gêné je ne dis rien non plus, me recouche et éteins.

– Oui, c'était bien ça, me dit Pascal, d'une toute petite voix.

– Laisse tomber, dors. Ça n'a aucune importance.

– Merci papa.

– A demain, soldat.

Mais je mets moi-même très longtemps à trouver le sommeil et demeure les yeux ouverts, immobile dans l'obscurité. Cette défaillance du corps de l'enfant me semble un terrible présage et m'impressionne extrêmement. On sait que de tels accidents ont toujours des causes psychiques. Ils sont l'effet de la crainte et non d'une maladie quelconque. Si c'est dans le sommeil, quand la conscience perd ses droits et que les dieux parlent à l'homme face à face, que la chair de l'enfant, étreinte par une mystérieuse épouvante, réagit à celle-ci par cette conséquence un peu triviale, il y a lieu de tout craindre. C'est peut-être un avertissement des plus graves, une cloche sonnant à travers les profondeurs infinies de l'éther, dans les ténèbres du subconscient. Ainsi, quand se manifeste un cataclysme imprévisible, que par exemple un barrage se rompt, prenant par surprise les hommes qui meurent par centaines, toujours les bêtes en réchappent. Averties à temps, dans les profondeurs de leur être, qu'allait surgir un drame exceptionnel, elles se sont écartées à temps. Si l'enfant, consciemment, me disait qu'il a peur, j'attribuerais cette crainte aux phantasmes de la raison et ne m'inquiéterais pas particulièrement. Si, au contraire, c'est sa chair qui défaille et dans les étranges concours de ses fibres nerveuses que se niche l'appréhension, cette fois j'ai peur.

Pour la première fois peut-être, bien plus nettement que lorsque m'a parlé le grand médecin, je prends conscience que mon fils va mourir peut-être, mourir *vraiment*. Je comprends que, jusqu'à présent, je comptais finalement sur le miracle. Mais, contre les forces les plus sourdes de la nature, il ne pourrait avoir lieu. Contre les pressentiments de la chair même de l'enfant, la chance de l'enfant ne peut pas prévaloir : elle se heurte à une souveraineté plus forte que la sienne, ayant envahi le même royaume.

C'est alors que je pense au prêtre.

46

– Je suis heureux. Cela fait longtemps que je ne vous avais vu, Monsieur Ségur, me dit le vieil homme.

– Je suis un mécréant, Monsieur le curé, vous savez bien...

– Il en faut, Monsieur Ségur, il en faut.

Cette pièce du presbytère n'a pas cette laideur particulière, intense, bornée, *niaise*, qui caractérise en général les locaux habités par les prêtres. D'habitude on y voit des piles de livres illisibles sur des étagères de bois blanc, des gravures d'une platitude extrême et, répandu sur toutes choses, un air de modestie orgueilleuse, agressive. Ici, la pauvreté sauve tout. On se croirait dans la salle d'une masure paysanne au XVe siècle. Tout est nu, sauf un crucifix grossier sur le mur blanc, une table branlante, deux fauteuils incommodes dans lesquels nous sommes assis. Il n'y a pas de feu dans la cheminée. Il fait un froid vif. Le curé ne dit rien, ne me pose aucune question. Il attend que je parle. Les prêtres sont comme les médecins. Ils n'ont aucune illusion. Ils savent bien qu'on ne vient les voir que si l'on est malade. Et ils n'ont pas non plus à forcer le secret des cœurs. Ils attendent qu'on parle, qu'on dise son mal, voilà tout.

Le curé de Razac est maigre et émacié; il ressemble quelque peu au curé d'Ars. Sa soutane est très propre, mais si vieille, usée par les lessives, que sa couleur noire est devenue grise. Le curé ne me dévisage pas; il regarde ses mains, posées sur ses genoux, les bouts des doigts posés les uns contre les autres.

Je parle, puisque je suis venu pour cela. A la fin le curé me regarde en face, droit dans les yeux, impassible. Il a le regard mat, voilé de tristesse, mais son masque porte un air de grande autorité, d'extrême maîtrise. Nous nous taisons un moment. Croyant qu'il attend que j'achève mon discours et formule quelque demande, je lui rappelle que la mère de Pascal était pratiquante, que l'enfant lui-même, aux louveteaux, est resté dans cette atmosphère; et que dois-je faire? J'ai fait de mon mieux à tous égards, même si c'était insuffisant, pour éviter que l'angoisse ne le gagne. Mais il ne faut pas non plus vivre dans l'inconscience. Serait-il utile qu'il vienne au presbytère?

Le curé regarde toujours le bout de ses doigts et ne dit toujours rien. A la fin il relève la tête, me regarde à nouveau et prononce cette phrase déconcertante, apparemment sans rapport avec ma question :

– J'ai perdu la mémoire.

Je me tais, gêné. Le curé se tait aussi durant de longues minutes puis, regardant toujours ses doigts, il reprend :

– Cela m'aide beaucoup.

Le silence retombe.

– Il y a une histoire, vous savez, reprend le curé d'une voix sourde, mais j'en ai oublié les détails. Vous savez bien, une histoire très célèbre, à propos d'un enfant qui est mort en odeur de sainteté, jadis. Ou peut-être s'agit-il d'un saint à qui l'on avait jadis posé cette question quand il était enfant? Je me demande si ce n'était pas saint Louis de Gonzague. En tout cas il était en train de jouer et on lui demanda à quoi il emploierait ses quinze dernières minutes, si on lui révélait que la fin du monde devait avoir lieu un quart d'heure après...

– Oui, je me rappelle.

– Oui. Il répondit qu'il continuerait à jouer.

– « Dieu est mon camarade de jeu, dis-je machinalement. Il n'y a ni rime ni raison dans l'univers... »

– Je ne connais pas ce texte. Ou je ne m'en souviens plus. Il est de saint Jean?

– Non, de Ramakrishna.

– Oui.

Brusquement le curé se lève, impérieux.

– Partez, Monsieur Ségur! Partez d'ici! Je sens qu'il faut que vous partiez! Retournez près de votre fils; il a besoin de vous.

Nous sommes debout face à face, bouleversés. Les mèches blanches des cheveux du curé fombent sur ses tempes.

– Ne m'amenez pas l'enfant! Je ne veux pas le voir! Je ne serais pour lui qu'un sujet de tristesse! Laissez-le jouer! Laissez-le jouer! C'est bientôt Noël. Allez acheter des cadeaux pour lui. Décorez un arbre! Faites une grande fête! Ne m'invitez pas! Restez avec lui!

Nous nous regardons.

– J'ai perdu la mémoire, me dit le curé d'une voix redevenue très douce, comme s'il tenait absolument à me convaincre, cela lui important essentiellement.

– Je dirai demain matin ma messe pour lui. *Tout ceci est intolérable.*

– Oui.

Le curé me regarde face à face, avec une grande majesté. Il s'éloigne tout à coup, il s'enfuit. Sans bouger, il s'en va, s'élève, monte sur son trône, devient dur, brutal, autoritaire, infiniment lointain, comme un roi et, d'une voix rajeunie, martelant ses paroles, ordonne :

– *Et pourtant, nous devons le tolérer.*

Il passe sa main sur son front.

219

— Nous en mourrons, mais cela n'a aucune importance. Tout compte fait, c'est pour vous, Monsieur Ségur, que je dirai ma messe, vous en avez plus besoin que lui.

— Oui.

— Moi aussi.

Le curé me regarde posément et tout à coup, sans que rien puisse le faire prévoir, il éclate en sanglots. Nous nous étreignons par les épaules et pleurons comme deux enfants. Nous sommes à bout de forces. Nous restons ainsi longtemps, comme morts, nous apaisant peu à peu, en sanglots de plus en plus calmes. Le curé essuie mes yeux de la manche de sa soutane, comme une mère. Puis il tire son mouchoir et sèche ses joues, à larges gestes, comme s'il s'épongeait d'une serviette après s'être lavé le visage.

— Quelle heure est-il?

Je regarde ma montre.

— Cinq heures.

— Je dois vous laisser, Monsieur Ségur. Ma servante est malade et je dois balayer l'église.

Nous nous serrons la main, paisiblement.

— J'ai perdu la mémoire, dit encore le curé.

— Vous avez de la chance.

— *Oui, je sais.*

47

J'écris à Victoire. Je lui dis que mon cœur se
brise. Je suis à bout de forces. J'ai trop présumé de
moi en pensant que j'aurais le courage, le sang-froid
de faire seul cet horrible et peut-être dernier parcours, d'assister l'enfant au cours de ces mois trop
courts et trop longs. C'est lui le vainqueur, moi le
vaincu. Touché à mort, il est toujours resté maître
de lui. Moi, je flanche. Épuisé, je me couche. J'ai agi
comme un insensé en voulant venir seul ici, en
souhaitant qu'aucune femme étrangère n'assiste
aux derniers moments d'un petit garçon souverain.
Ce n'était pas de la sagesse, mais de l'orgueil.
Victoire n'était pas étrangère et Pascal aurait sans
doute été heureux avec elle. Moi, en tout cas,
j'aurais été moins malheureux. Il ne faut pas poursuivre l'héroïsme, il faut chercher la vérité. La
vérité de l'homme, c'est d'avoir près de lui la femme
qu'il aime. C'est pour une grande part l'arcane de
l'alchimie à laquelle, après tout, les plus sages, les
plus savants et les plus expérimentés des hommes
ont consacré tout leur temps durant des millénaires : il s'agit d'un mariage. Il s'agit de marier le
soleil, masculin, à la lune féminine. Il s'agit de
marier le feu, dont le signe symbolique est un
triangle pointe en haut, avec l'eau, désignée par un
triangle pointe en bas; et la superposition des deux
signes forme l'étoile de David. Il faut marier le

221

soufre mâle, sec, jaune et chargé de feu avec le mercure femelle, humide et froid, pour produire l'or idéal, inaltérable, éternel, ce feu congelé. Il faut marier l'homme à la femme qu'il aime, pour que leur être double puisse affronter le destin. Il faut être simple. Il ne faut pas faire d'histoire.

J'écris cette lettre, ce cri d'appel. Mais elle ne part pas. Je n'ai pas le temps de la porter à la poste : Marinette me prévient que l'enfant a de la fièvre. Elle lui a trouvé le front brûlant et l'a prié de prendre sa température. Il a 39° de fièvre. Je me précipite dans sa chambre. Assis dans son lit, confortablement adossé aux oreillers, Pascal lit paisiblement un album de bandes dessinées. Il lève les yeux, me sourit et me demande que les loups montent dans sa chambre. *Quoi?* Et puis après tout, au point où nous en sommes... Je ressors à toute allure. Je ne vérifie même pas la température de l'enfant, je ne vais pas chercher le médecin de Razac, je téléphone d'emblée à l'hôpital de Clermont, prenant date avec le chirurgien spécialiste de la leucose. Une poussée de fièvre peut être en effet le symptôme d'une rechute et il n'est pas question que je prenne le moindre risque. Nous sommes attendus demain matin. Il n'est pas possible que l'enfant soit hospitalisé ce soir. D'ailleurs, de toute manière, le spécialiste ne visite son service que demain matin. Ayant téléphoné, je suis plus calme et descends en effet à la cave pour libérer les loups. Pourquoi pas? Je ne m'alarme même pas. Ils pourront bien, dans la chambre, si cela leur chante, grimper sur les meubles et dévorer les rideaux. Qu'importe? Je me demande simplement comment je vais m'y prendre pour leur faire quitter leur repaire et monter l'escalier du château.

La question ne se pose pas. Dès que j'ai gagné la cave, je les trouve derrière la porte et, comme s'ils étaient mystérieusement avertis, ou que l'enfant avait trouvé quelque moyen étrange et secret de les appeler, ils marchent posément sur mes talons à la file indienne tandis que je leur montre le chemin de la chambre. La louve va la première, les quatre louveteaux suivent à la queue leu leu et le père, Adam, ferme le cortège. Les louveteaux n'ont pas de nom. Nous n'avons pas jugé nécessaire de jouer plus avant au jeu symbolique de la re-création du monde. Adam et Eve nous suffisent. Nous n'avons à Hérode ni Caïn ni Abel. Que les louveteaux se débrouillent entre eux.

Pour le moment, ils s'assoient sur leur derrière en demi-cercle et, la gueule ouverte, regardent Pascal posément, se léchant par moments les babines de leur langue longue et plate. Adam et Eve se sont étendus sur le tapis, en parents posés, et regardent aussi l'enfant. Bientôt, voyant que tout va bien et me trouvant sans curiosité de connaître la suite, (l'enfant, du haut de son lit de justice, va-t-il leur faire un discours en langage des loups?) je regagne la bibliothèque, ma tanière personnelle, en abandonnant à son sort cette ahurissante assemblée.

Nous voici à l'hôpital. De nouveau les grands couloirs blancs, de nouveau les bureaux, les infirmières, de nouveau les formulaires qu'il faut remplir. Il y a de quoi se jeter par terre à quatre pattes et hurler à la mort. Les maladies causées par la bombe atomique sont-elles remboursées par la Sécurité sociale?

Dans la cour de l'hôpital se dresse un grand arbre de Noël. La voilà bien, la suprême dérision! Vous l'aurez, grands malades hospitalisés, votre cadeau de papa et maman au moment de votre agonie! Vous l'aurez, votre grand pardon des bacilles et des microbes! Ils se présenteront dans la cour, se mettront au garde-à-vous et diront qu'ils ne l'ont pas fait exprès! Les cent mille ampoules électriques multicolores brilleront dans la nuit d'une lueur froide et glacée, comme des astres morts, et nulle surprise heureuse ne pendra aux branches de cet immense sapin dressé dans le désert. Seule, une ambulance toute blanche passera, silencieuse et furtive, un phare bleu clignant de l'œil sur son toit, et s'enfuira vers une morgue encore plus glaciale que cette maison de la glace. L'heure des visites passée, on me met à la porte. Je dois revenir le lendemain et prends une chambre dans un hôtel en ville. Hérode n'est pas loin; je peux m'y rendre ou en revenir en trois quarts d'heure à peine, mais je n'ai pas le courage de m'y installer seul. Le second jour, on ne me dit rien. C'est l'usage et je le connais déjà. Sortant de l'hôpital où j'ai déjà mes habitudes, j'achète les cadeaux de Noël. J'ai, bien entendu, l'impulsion de dévaliser le magasin de jouets, mais je me retiens. Cette fête doit être semblable à celle des autres années. Il serait inconvenant qu'une splendeur particulière, semblant célébrer une circonstance sans précédent, puisse alarmer l'enfant, lui paraître un présage fatal ou plus simplement, hélas, réveiller les pressentiments qu'il avait déjà connus. Non il faut que tout soit comme d'habitude, exactement comme d'habitude. J'achète seulement deux wagons nouveaux et une paire d'aiguillages pour le train électrique et, avant de quitter la boutique, j'y fais joindre une armure de croisé, celle de Galaad. Mais elle est en matière plastique.

Quand je reviens à l'hôpital, je trouve le spécialiste de la leucose, qui me dit que l'enfant va pour le mieux. Sa fièvre est tombée, ce n'était qu'une poussée d'angine. On n'a rien relevé d'anormal. L'analyse de sang est rassurante et l'on a poussé le scrupule jusqu'à faire tout de même un examen de moelle osseuse. Il n'a rien révélé de regrettable. On n'a même pas trouvé de trace de myéloblastes, les terribles cellules carnivores. Nous pourrons rentrer fêter Noël à la maison. Bon voyage. Tenant l'enfant par la main, je m'enfuis. Je quitte avec soulagement cette cour triste et sombre où se dresse, jalon joyeux d'une fête funèbre, cet arbre de Noël gigantesque que j'ai détesté dès que je l'ai aperçu. Nous prenons la route de la montagne.

De Clermont à Hérode, en quelques dizaines de kilomètres, on passe par des stades bien distincts. On roule d'abord un peu dans la plaine, puis dans une vallée étroite où la route s'élève d'un virage à l'autre. On débouche sur les hauts plateaux, et enfin c'est Razac, de nouveau dans un paysage encaissé. Je salue au passage les deux rochers dressés qui semblent deux visages monumentaux sculptés par des indigènes de l'île de Pâques. Si l'on en croit la légende, la nuit de Noël ils iront boire à la rivière. Puis la neige se met à tomber. D'abord elle est diffuse, c'est une simple brume blanche que les essuie-glaces déblaient aisément à mesure qu'elle se dépose sur le pare-brise. Puis les flocons deviennent plus importants, cotonneux, et enfin nous assistons à la franche et grosse chute de neige, comme il s'en produit au cœur de la montagne quand le Bon Dieu a décidé de couper les routes et d'en finir une bonne fois, recouvrant tout de blanc. Nos roues trouvent leur trace dans un matelas blanc qui étouffe tous les bruits. La nuit tombe de bonne heure. Déjà, quand nous traversons Razac, c'est pour trouver un village enneigé, aux toits croulant sous la neige, aux fenêtres trouant la nuit de leurs étranges lueurs jaunes. Personne dans les rues. Le dur et secret conte de Noël a imposé son jeu, s'est rendu maître de tout. Rien n'a plus d'âge. Nous vivons dans les temps les plus anciens, quand la douce peur pacifique réchauffait le cœur des paysans épouvantés, assiégés par les loups. On attendait la venue, peut-être, des louvetiers du Roi. Peut-être. Mais c'était improbable. On préférait d'ailleur payer la dîme des brebis, d'un berger de temps à autre, et rester au calme, entre soi, avec sa peur bien chaude, dans le dialogue silencieux avec les meutes silencieuses galopant dans la nuit, dont, au matin, on relevait les traces.

Quand nous arrivons à Hérode, Marinette nous dit que tout va bien mais qu'elle est inquiète, car la neige est tombée depuis deux jours (deux jours plus tôt qu'à Clermont, à quarante kilomètres) et que par deux fois, au matin, elle et Verdun ont relevé les traces du cheval fou, dans la cour même du château, qu'il avait dû arpenter durant la nuit, à la lueur de la lune. Car la lune est pleine, et ce n'est pas non plus bon signe.

Vienne, vienne la lune! Cela m'est bien égal. Viennent, viennent les loups, nous les accueillerons en chantant. Vienne, vienne le cheval meurtrier, l'étalon cruel! Nous lui enverrons des baisers, nous lui jetterons des boules de neige. Mon fils est aussi sain que, dans sa maladie redoutable, il peut l'être. Il n'a pas rechuté. Il se porte aussi bien qu'il est possible quand la rude leucose, tout de même, reste tapie dans ses cellules. Verdun vient nous voir, le fusil en bandoulière, nous raconte ses affres à-propos de ses vaines chasses au cheval sauvage. Il reste étonné de notre grande indifférence. Nous le retenons à dîner. Marinette a préparé un gâteau au chocolat, sur lequel elle a écrit avec du sucre blanc : « Bon retour. »

48

« Quand on cesse de craindre, alors arrive ce qui était à craindre », dit mon maître Lao-Tseu. Ce n'est pas compliqué, mais tout le monde l'oublie toujours. Et pourtant c'est infaillible, hélas. Le matin suivant, la couche de neige dans la cour s'est épaissie d'une bonne dizaine de centimètres. Il a donc neigé cette nuit, mais maintenant il fait très beau, grand soleil, et le ciel bleu n'a pas un nuage. Verdun revient de Razac en rapportant une luge à l'enfant. Celui-ci est pressé d'en faire l'essai et, du coup, j'oublie la menace du fameux cheval. Tandis que Pascal s'écarte en tirant sa luge au bout d'une ficelle, je sors la grande voiture du garage dans l'intention d'aller faire des courses à Razac. Verdun est reparti dans la forêt pour relever ses pièges. Il s'adonne au braconnage, mais comme il s'agit de braconnage sur nos terres, à notre propre détriment, je vois mal qui nous le reprocherait.

Malgré le froid déjà vif, la grande voiture démarre au premier appel de démarreur et je sors du garage à reculons dans la cour, laissant derrière les pneus deux sillages précis dans la neige. Je descends et vois alors du coin de l'œil l'enfant, tirant toujours la luge au bout de la ficelle, grimpant le premier talus de la forêt, sous les sapins. Je me souviens à cet instant de l'étalon dangereux et m'apprête à crier à Pascal de revenir mais, à la seconde où je vais le faire, le moteur de la voiture cale. Machinalement, je donne un nouvel appel de démarreur. Puis je regarde la jauge d'huile et m'aperçois que le moteur est à court de lubrifiant. Je me dis que l'enfant peut bien attendre trente secondes de mes nouvelles, tandis que j'oublierai sans faute de remettre de l'huile dans le carter si je ne le fais pas immédiatement. J'ouvre le long capot et suis en train de dévisser le bouchon du bidon quand Marinette passe près de moi. Elle porte dans un seau la pitance des loups; vêtue de noir comme d'habitude, elle porte, en l'honneur du froid, des mitaines noires. Elle disparaît dans la direction du chenil et je me plonge sous le capot. J'incline posément mon bidon quand j'entends hurler les sirènes. Oui, c'est exactement le son, s'intensifiant à briser les oreilles, des sirènes de défense passive qui, durant la guerre, annonçaient les bombardements aériens; il résonne sous la tôle du capot ouvert. Ahuri, je regarde le moteur en me demandant quelle révolte vertigineuse il est en train de me crier à la face. Mais son amas de métal est immobile et apparemment sage. Le hurlement retentit à nouveau, plus strident, plus insoutenable que jamais, s'élève par saccades vers des notes de plus en plus hautes, puis se brise et cesse. Un peu plus raisonnable, je comprends que ce bruit inhumain retentit derrière moi et je me redresse, le bidon à la main.

Tout à coup je comprends! Dieu du ciel! C'est un hennissement de cheval, venu de la profondeur des bois, du côté même où j'ai vu Pascal s'éloigner. Je jette le bidon dans la neige, où il vomit lentement son flot sombre, et m'élance en courant vers les sapins. C'est pour voir apparaître, lancé à toute vitesse sur sa luge, Pascal, qui ne me regarde pas mais fonce, la tête tournée vers l'étalon blanc le poursuivant à dix mètres. Je cours de plus belle vers lui, comprenant déjà, dans mon exaltation, que le pire va se produire, car je suis les mains nues et ne dispose d'aucun moyen d'arrêter l'élan de cette bête puissante. Son poitrail me jettera à terre dès qu'il m'atteindra et, ensuite, les grandes dents de la bête folle entreront en action. Pascal me voit.

— Arrête, papa, me crie-t-il! Voici les loups!

Saisi, je me retourne. En effet, tandis que je me conduisais comme un enfant irréfléchi et que l'enfant échappait au danger avec le calme et la maîtrise d'un homme mûr, c'est la femme, la vieille paysanne, Marinette, qui seule a trouvé, dans la moelle de ses os, dans les profondeurs des craintes ancestrales et des légendes oubliées, le secret du geste unique pouvant renverser le cours du drame. D'une seule main, sans hésiter, elle a tiré le loquet de la porte du chenil et rendu la main aux loups. Quand l'enfant m'avertit, ils ont déjà fait la moitié du chemin et le cheval, ayant compris que le sort des armes tournait, bloquant des quatre pieds, dérapant sur la neige, suspend sa charge. Il hennit de nouveau et ce son haletant a de quoi glacer le sang. Mais, cette fois, il exprime la crainte. Les loups allongent la foulée, nous dépassent dans un profond silence, lancés comme des flèches et l'on pourrait croire qu'ils vont droit sur le cheval quand, tournant avant de l'atteindre, ils se mettent à tracer de grands cercles autour de lui. L'enfant, debout contre mes jambes, ayant quitté sa luge, se serre contre moi, radieux. Peut-être voit-il maintenant s'accomplir un de ses anciens rêves? Peut-être savait-il que *cela* surviendrait? Peut-être était-ce dans ce dessein qu'il tenait tant à posséder des loups? Ceux-ci vont maintenant danser leur danse. *Ils vont nous montrer.* Ils vont nous faire voir ce qu'on sait faire, de naissance, sans l'avoir appris, quand on descend de descendants de descendants d'ancêtres experts depuis cent millions d'années dans l'art de donner la mort. Ils courent de plus en plus vite, en cercles de plus en plus serrés et l'étalon redoutable, avant même qu'ait commencé

229

la bataille, est déjà réduit à la défensive. Les yeux inquiets, à demi exorbités, il tourne sur lui-même pour observer ses ennemis. Mais ceux-ci ne vont pas ensemble. S'étant répartis les tâches, sans avoir besoin de s'être concertés, par la science infuse des guerres immémoriales, ils se tiennent chacun à une extrémité du diamètre du cercle parfait qu'ils tracent sur la neige, en géomètres experts, qui « savent le latin ». Aussi le cheval ne peut les voir tous deux à la fois et, angoissé, agite la tête de droite et de gauche, tentant de deviner lequel lancera l'assaut. C'est Eve qui, tout à coup, fonce vers sa gorge. Mais ce n'était qu'une feinte. Quand elle est presque dans les pattes de l'étalon furieux, elle se dérobe, se détourne d'un mouvement précis des hanches, tandis que de l'autre côté Adam, le bon loup gris, a lancé l'attaque véritable. Il saute à la gorge de l'étalon qui, fou de douleur et de peur, se cabre violemment, battant l'air de ses sabots, agitant le loup sous lui comme un parasite monstrueux. Mais Adam avait mal placé ses dents puissantes. Ou bien était-il trop tôt pour pousser l'action au terme? Peut-être, comme disait jadis Napoléon, « la bataille n'était-elle pas mûre encore? » En tout cas il lâche sa prise, se reçoit souplement sur ses quatre pieds et s'enfuit, avant que l'étalon puisse l'atteindre. Les dents du cheval claquent près de terre, dans le vide. Déjà les loups courent de nouveau autour de lui. Cette fois c'est Adam qui fait le simulacre d'attaquer, soit parce qu'une loi non écrite prescrit aux loups d'alterner leurs assauts et que c'est maintenant à la louve de combattre pour de bon, soit pour exploiter l'angoisse que le cheval vient d'éprouver pour tenter de la redoubler, en lui faisant croire que celui même qui vient d'imprimer ses dents dans son cou lui saute de nouveau à la gorge. Du même mouvement de hanches élégant que sa femelle, Adam vire entre les pattes mêmes de leur grand ennemi, cependant qu'Eve l'assaille par-derrière.

Mais on ne peut gagner à tous les coups. Cette fois, d'un mouvement vif de la tête, le cheval a vu le mouvement double et il accueille Eve d'une ruade qui la prend en plein corps et l'envoie à dix mètres. Elle atterrit en soulevant une gerbe de neige. Adam, son compagnon, ne la regarde même pas : la bataille importe avant tout. Livré à ses seules forces, il adopte instantanément une tactique nouvelle, et, s'écartant, commence à galoper suivant un cercle plus large, ralentissant peu à peu sa course pour laisser le temps à sa sœur d'armes de reprendre ses esprits, tout en gardant l'ennemi dans sa zone d'influence. Et, en effet, avec beaucoup de calme, Eve se relève lentement au bout d'une trentaine de secondes, respire longuement, l'avant-train fléchi, le museau près du sol, s'ébroue pour chasser la neige de son pelage puis, sans quitter le cheval des yeux, commence à se rapprocher de lui à pas lents. Instinctivement, Pascal se serre contre moi. Saisis, nous comprenons que le moment décisif est venu, que nous allons assister au mortel assaut final, au moment suprême, ainsi qu'il en était dans les guerres d'autrefois, quand les régiments s'ébranlaient à travers la plaine d'un mouvement irrésistible, lentement, les hommes allant au coude à coude, les oreilles remplies du roulement inlassable et oppressant des tambours et du grondement de leur propre sang, de leur propre rage. Cette fois, c'est perceptible, les loups trouvent que l'action a assez duré et qu'il faut en finir. Ayant, d'un regard bref, observé qu'Eve regagnait l'arène, Adam accélère progressivement sa course. Bientôt son corps n'est plus qu'une flèche brune tendue au ras de la neige. Le cheval ne tourne plus la tête pour le suivre des yeux mais, piétinant la neige, pivote tout entier sur lui-même. Quand il fait face à Eve, celle-ci s'élance vers lui de quelques foulées de galop en poussant un cri de gorge, une sorte de râle coléreux, un feulement bref et méchant. L'étalon réagit par un soubresaut à ce cri agressif. C'est trop tard. Déjà Adam s'est rué vers lui comme un furieux et ses mâchoires d'acier broient la gorge blanche. Cette étreinte ne se prolonge pas. Bientôt le loup saute à terre, mais c'est avec une noble lenteur qu'il s'éloigne, celle du matador qui vient de planter son épée dans le cou du taureau, sans tricher, haut entre les vertèbres et, nonchalant, se retourne vers la foule qui l'acclame, tournant le dos au fauve qui va mourir. Car le grand loup gris n'a pas manqué son coup. De ses canines, il a tranché la veine jugulaire aussi nettement qu'au couteau et l'étalon blanc, effaré, les yeux fous, sent la vie le fuir, dans ce flot de sang qui jaillit de sa gorge sur la neige, comme celui du taureau agonisant se répand sur le sable. Déjà ses yeux se ternissent. Peut-être revoit-il sa vie passée, quand il galopait, poulain heureux, sur la montagne de Vernet, où l'herbe douce et les fleurs du printemps avaient une saveur de fête? Peut-être se souvient-il de ce moment magique, une nuit de pleine lune comme les nuits de ces jours-ci, où quelque caillot de sang bloqua la circulation de son cerveau, l'irrigation naturelle de ses sombres et gaies pensées de cheval, et où il devint fou, avec la même soudaineté que s'il avait reçu un coup de fusil? Sent-il venir la mort? Assurément. Il ne fut pas surpris quand, poursuivant cet enfant des hommes glissant sur la neige sur sa frêle machine de bois, il sentit tout à coup, venue du fond des mondes, l'ancestrale odeur des loups. Depuis qu'il était fou, il vivait dans la crainte. Il galopait, affamé, sous le couvert des arbres et, ne sachant comment tout cela finirait, savait pourtant que tout finirait mal. Depuis que la lune était pleine, le pressentiment funèbre s'était précisé. Il ne galopait plus. Il attendait, inquiet. Que la mort lui fût donnée par un loup, alors qu'il n'en avait jamais vu de sa vie, que déjà son père et le père de son père n'en avaient plus rencontré, cela n'était pas pour l'étonner. Il faudrait bien plus de trois générations pour que la crainte révérente du fauve fût dissipée dans les cerveaux de la race. Il en faudrait cent ou deux cent mille. Ainsi, au fond de l'anxiété extrême, de l'amertume horrible et de la plus désespérée solitude, le cheval fou éprouve-t-il quelque chose qui ressemble à la paix. Il n'a pas démérité de ses ancêtres. Il a combattu de son mieux. Contre ce couple de tueurs professionnels, il n'avait pas sa chance. Il est resté pourtant debout jusqu'à la fin. Il a même placé sa ruade avec une parfaite maîtrise et si, au lieu de toucher le flanc de la louve, il avait atteint sa tête, il l'aurait tuée sans doute et aurait peut-être renversé le sort de la bataille. Debout comme une figure de proue, les jambes tremblantes, de fatigue, d'énervement, de peur de mourir, le grand étalon blanc arrose la neige de sang. Et ses yeux déjà voilés, dont la vue est assombrie, distinguent tout à coup une attitude profanatoire, qu'il ne peut tolérer : la louve, sans crainte, s'est approchée et lèche le sang dans la neige. Le cheval tend le cou vers elle et fait claquer ses dents. Elle doit faire un bond en arrière. Elle boira le sang plus tard, seulement quand la grande victime sera morte. Il faut respecter le cérémonial. L'étalon tremble de plus en plus sur ses pattes frémissantes. Maintenant il chancelle. Deux ou trois fois, fermant les yeux, rassemblant ses énergies, il se reprend au moment où il vacille au point de tomber et rétablit son équilibre. Mais c'est la fin. Il est exsangue. Il est irrévocablement perdu.

– Regarde ! me dit Pascal.

Il tend le bras. Je tourne la tête et vois, dans la direction qu'il m'indique, les quatre louveteaux, très calmes, immobiles, assis côte à côte sur la neige, bien en file, attendant de pouvoir dévorer la proie qui va mourir.

49

– Quelle histoire! me dit Verdun. Je reviens après avoir relevé mes collets. J'ai pris un lièvre. Je suis très fier. J'arrive triomphant, avec mes bottes et ma petite veste de fourrure. Je compte vous étonner à la vue de mon gibier. Et qu'est-ce que je vois dans la cour du château, toujours si paisible? Un cheval égorgé, sa blessure béante, comme un zèbre abattu par les lions, et toute une famille de loups gaiement attablée, en train de le bouffer en commençant par les meilleurs morceaux! Ils m'ont complètement ridiculisé!

Nous rions.

– Tu ne crains pas qu'ils s'enfuient, maintenant qu'ils ont pris le goût du sang?

– Je ne crois pas. Avec le tracteur, j'ai remorqué la carcasse du cheval près du chenil. Elle ne pourrira pas, puisqu'il gèle la nuit. En la voyant, ils seront rassurés, constatant qu'on ne cherche pas à les dépouiller. D'ailleurs ils se tiennent très tranquilles.

– Parce que tu as déjà pu les faire rentrer dans la cage?

– Mais oui, qu'est-ce que tu crois? Je le leur ai demandé poliment.

– Tu es assez fort.

– Non, mais il faut bien que je me rattrape. Ils

234

m'ont si complètement fait rater mon entrée avec mon lièvre...

– Et maintenant, à quoi on joue? demande Pascal.

Nous éclatons de rire derechef. Vraiment, il ne faut pas longtemps aux enfants pour tourner la page et passer à l'ordre du jour. Le combat des loups et de l'étalon fou, c'est fini. Quelle est la prochaine attraction? Gorille contre crocodile? Grande voiture contre tracteur bleu?

Non. Nous levons la tête, parce que se présente en effet l'acteur de la scène suivante, mais son rôle est banal, même s'il évoque pour nous des souvenirs cruels. Simplement, il est midi juste et, comme chaque jour, avec un vrombissement doux et lointain, le grand avion de ligne passe très haut au-dessus de nos têtes, suivant la direction nord-sud avec une impeccable rigueur.

Je songe à la définition imbécile d'une attaque aérienne par le polytechnicien de la fable : « On peut dire, énonçait cet énergumène, qu'une place est l'objet d'une attaque quand la verticale du polygone de sustentation de l'aéronef adverse tombe à l'intérieur de son périmètre. » Il en est ainsi pour nous. Nous sommes donc chaque jour l'objet d'un assaut. Nous sommes une cible. Chaque jour, à midi juste, si l'on accrochait un fil à plomb à la queue de cet avion et que, par un miracle de la statique, au lieu de filer en oblique en raison de la vitesse, il pouvait, comme celui des maçons, pendre rigoureusement à la verticale, son lest marquerait de sa pointe, avec une grande exactitude, le centre de la cour du château, c'est-à-dire, comme elle est de plan carré, le point d'intersection de ses diagonales. On n'aurait qu'à lancer la bombe atomique en cet instant précis et nous nous trouverions, avec une parfaite précision, au centre du cercle de cendres, nous-mêmes devenus cendres.

Mais les avions qui lancent les bombes atomiques

sont plus élégants que celui-ci. Leur nez effilé comme le bec d'un échassier est bourré d'appareils électroniques si nombreux, si précieux qu'ils seraient peut-être moins coûteux s'ils étaient en or massif. Ils volent si haut que leur course funèbre est réglée par des instruments astronomiques et par un télescope braqué sur deux planètes. Je crois que l'une est Véga. Je ne sais pas quelle est l'autre. Ces terribles usines volantes « pensent », à chaque fraction de seconde, plus qu'une ville entière. Et, comme le requin est accompagné d'un poisson-pilote, ils disposent d'une suite nombreuse. Ils peuvent lancer des missiles étranges qui, dans la plus sombre nuit, vont foudroyer l'avion ennemi en se guidant sur sa source de chaleur. Ils peuvent lancer des leurres qui ont leur forme même et dérèglent les radars les plus perfectionnés. Mais, je l'ai dit, on le sait, dans la course au progrès technique merveilleux, ils sont maintenant dépassés par les grandes fusées stratégiques, dont chacune coûte le prix de deux ou trois hôpitaux et d'une vingtaine de collèges. Elles sont pourtant vulnérables aux fusées anti-fusées. Mais on calcule qu'il faut plus de dix fusées anti-fusées par fusée pour que le barrage soit absolument sûr. C'est toujours la vieille lutte du canon et de la cuirasse, vous savez? Et l'on dit que le canon toujours l'emporte à la fin, inévitablement. On ne peut jamais durcir la cuirasse autant qu'on peut renforcer le futur canon. Le mur sera plus épais, mais un boulet plus puissant l'enfoncera toujours. Aussi les réseaux de fusées anti-fusées ne coûtent plus des milliers de milliards, mais des dizaines ou des centaines. D'ailleurs on n'en sait rien, car la sécurité n'a pas de prix, tandis qu'on voit déjà poindre à l'horizon les fusées anti fusées-anti-fusées. Ce sont les grands jeux de l'humanité industrielle. Ils ont beaucoup plus d'importance et leurs conséquences certaines ont plus d'ampleur que la variation de la hauteur des jupes des femmes dont on parle tant dans les journaux. C'est aussi plus grave que les empoignades verbales des grands gladiateurs politiques, vedettes d'un théâtre qui détourne l'attention de ces vérités cruelles. Ce sont elles pourtant qui comptent dans l'ombre. Et si le temps de préalerte pour les fusées dont vous êtes menacés n'est que de trois minutes, tandis qu'il vous en faut sept pour porter les vôtres sur les villes des autres, vous grillerez.

— Je suis inquiet pour mes loups.
— Oui, pourquoi?
— Je suis inquiet pour mes loups.
— Pourquoi? Tu vois qu'ils se débrouillent très bien.
— Ce n'est pas ça. En tout cas, tu reconnais que j'ai eu raison de les vouloir près de nous, hein?
— Oui.
— Mais j'ai peur de leur avoir attiré des ennuis. Que deviendront-ils quand je serai mort?
— Pour l'instant, tu es là.
— Oui. Mais suppose que je meure bientôt, comme le docteur l'a dit, que deviendront-ils? Tu ne peux pas les ramener où tu les as pris?
— C'est difficile.
— Tu vois bien. Tu pourrais les mettre en liberté. Je préférerais. Mais ce ne serait pas très raisonnable. Ou bien ils resteraient dans les bois, deviendraient de plus en plus nombreux et ce ne serait pas un beau cadeau à faire aux paysans. Quand ils seraient en troupe, ils tueraient les vaches.
— Oui.
— Ou bien les paysans n'attendraient pas qu'on en arrive là. Ce serait eux qui se mettraient en troupe et les abattraient avec des fusils.
— De nos jours, c'est le plus probable.
— Je crois aussi. Alors, tu vois bien. Je les aurai entraînés dans une sale affaire. Qu'en penses-tu? Que faudrait-il faire?

— Je n'en pense rien et, à mon avis, il ne faut rien faire. Chaque jour aura souci de lui-même et chaque loup trouvera son destin. De toute façon, ce qui arrivera, ce n'est pas ce que nous pensons.

— Oui, c'est vrai. Tu as raison. Tu me rassures un peu.

— On a toujours tort de s'inquiéter.

— Si on se remettait à chercher le trésor?

— Pour quoi faire?

— Pourquoi pas?

En rentrant de Clermont, de l'hôpital, j'ai retrouvé à la bibliothèque, dans mon sous-main, ma lettre d'appel à Victoire, que je n'avais pas eu le temps de poster. Je la déchire sans vouloir la relire. Si je le faisais, mon cœur flancherait peut-être à nouveau et je la ferais partir, dussé-je la porter à la poste à pied, dussé-je la porter à Paris à pied et monter moi-même les étages de l'immeuble de Victoire, haletant. Or j'ai retrouvé un peu de courage et il faut d'abord que je le consume. Je suis pareil à ce navire dont on démolissait les super-structures et les ponts pour faire marcher la chaudière. Tant qu'il reste du combustible, et même si c'est moi qui brûle, je dois aller de l'avant, je dois pousser les jours devant moi. Ceux-là au moins seront passés. Pas à pas, on avance. Marche à marche, on monte. Le tout est de ne pas redescendre.

L'amour des enfants pour les trésors cachés est vraiment singulier. Que cherchent-ils vraiment, quand ils s'acharnent à penser comment ils pourraient découvrir l'or ancestral? Il est probable qu'ils cherchent en réalité leur âme perdue, comme les pauvres loups féroces qui battent la campagne la nuit, errant à la lueur de la lune, galopant derrière leur ombre fuyante sur la neige, laissant de faibles traces, comme les hommes qui combattent dans les villes et, le soir venu, boivent de l'alcool dans les bars et cherchent la compagnie des femmes, pour oublier qu'ils doutent de tout, et souffrent à hurler à la lune. Car la lune tient une place importante dans ces sortes d'affaires. C'est quand elle est pleine qu'on crie le mieux son désespoir.

Si l'enfant est à ce point hanté par les trésors, ce n'est sûrement pas par attrait pour la richesse. Qu'en ferait-il à son âge? A quoi lui serviraient les pièces d'or à l'effigie du Roi Louis XV? Mais, comme nous tous, plus que nous tous, il aimerait mieux connaître son passé, où se tient, croit-il, non pas le secret des trésors, mais celui de sa propre vérité. Nul plus que l'enfant, dont le propre passé est si court, n'attache autant d'importance à se souvenir. « Tu te rappelles, papa? Tu te rappelles? » Et l'enfant est un microcosme, une maquette du monde. Tout se trouve en lui. Regardez-le vivre, vous verrez l'univers et les dieux. Voici une version de l'oracle de Delphes qui vaut bien la véritable. – Connais-toi toi-même, tu connaîtras l'univers et les dieux –, disait en réalité la Pythie, là-bas, sur la colline, dans le parfum des herbes magiques brûlées sous son trépied. Mais l'enfant est un résumé plus décisif encore. S'il se souvient, c'est qu'il faut se souvenir. S'il recherche l'or caché, c'est que la vérité est toujours très secrète, et qu'il ne faut pas la trouver, car on en meurt, mais la chercher toujours. « Tu te rappelles, papa? Tu te rappelles? »

– Allons papa, me dit Pascal, il faut y aller maintenant. Nous n'avons pas cherché vraiment. Il ne faut plus tarder. C'est pressé.

– Mais où veux-tu que nous cherchions?

– Toujours au même endroit, tu sais bien, à la cave. Tu te rappelles? Nous avons d'abord trouvé le passage conduisant chez les loups, puis le puits où

240

le loup est tombé; mais au fond du puits, nous n'avons pas cherché. Il faut le faire.

Nous y replaçons l'échelle et nous descendons, la pioche à la main. C'est moi qui tiens la torche électrique et, tandis que j'éclaire alentour les parois, maçonnées avec la perfection d'un appareil égyptien, je ne remarque rien de notable, aucune trace d'une pierre déplacée ni d'une cachette.

— Eclaire par terre, me dit Pascal, je sens quelque chose de dur sous mon pied.

J'abaisse le faisceau lumineux. Pascal s'accroupit et ramasse un petit disque plat. Il le frotte contre sa manche pour en ôter la terre, souffle dessus pour en chasser ce qui reste de poussière. L'objet rutile à la lueur de la lampe. C'est une pièce d'or.

Nous sommes à la bibliothèque. L'admirable médaille brille sur la table basse, devant la cheminée, aux reflets du feu.

— Nous en avons eu une sans même chercher, dit l'enfant. Que ferons-nous du trésor, quand nous l'aurons trouvé?

— Ce que tu voudras.

— Nous pourrions faire construire des églises, ou bien payer des courses d'autos...

— Les deux, si tu veux, mais pas ce soir, car c'est l'heure que tu te couches, ni demain : la veille de Noël, nous n'aurons pas le temps de creuser. Il faudra préparer la fête.

— Oui, il faut qu'elle soit très réussie.

— J'ai déjà des cadeaux pour toi.

— Moi aussi; mais je ne te le dis pas. C'est une surprise.

J'embrasse l'enfant sur la tempe. Sagement, il descend dormir. Verdun passe me voir et me dit qu'il a coupé le sapin de Noël dans la forêt. Il l'a mis dans le garage, près de la grande voiture, pour la nuit, et le dressera dans la salle du bas demain matin. Oui; l'enfant l'aidera à le décorer. Il boit un verre d'alcool et s'en va. Je reste seul en face de ce tableau qui représente l'étang du Caucase, vous savez, avec ses eaux violettes assombries par le reflet des masses d'arbres et, tout là-bas, dans le

242

fond, entre les deux moitiés de la forêt, la tache jaune fatidique du pré montant vers le soleil. Il n'y a pas de soleil autour de nous. La nuit est des plus noires. Pourtant il fera jour de nouveau, demain, sur ce château au toit couvert de neige, devant le carré pur de la cour blanche. Après-demain, ce sera Noël, la grande fête de l'Ouest, l'espoir de mystérieuses rédemptions. Mais nous les paierons cher. Noël est réellement une fête sauvage, très cruelle, car ce bébé qui naît dans la paille, sous le souffle attendri de l'âne et du bœuf, dans une étable, d'une mère vierge, à minuit, là-bas vers l'est, en l'an Un de l'ère nouvelle, inaugurant cette ère nouvelle par sa naissance même, donnant à des milliards d'hommes, à des dizaines de milliards, présents ou à venir, ce fabuleux signal, dans trente-trois ans, la société l'abattra comme un criminel. Oh! je ne m'indigne pas. Je n'ai pas à venger Dieu. Ses propres forces lui suffisent. Qu'il s'arrange pour veiller sur lui-même et sur son fils, comme je tente, à ma propre échelle, avec mes faibles forces, de veiller sur mon fils et sur moi-même.

Je ne m'indigne pas, mais cela ne m'empêche pas d'être triste. Etre Dieu, mettre son fils au monde, dans le monde des hommes, et ceci pour qu'on le tue, c'est inéluctable peut-être, mais ce n'est assurément pas gai. Noël est une fête tragique. C'est le signal du commencement de ce qui est voué à finir. C'est le triomphal matin d'un jour qui ne durera qu'un jour et, l'heure venue, basculera dans la nuit. Noël est une fête cruelle. Mais c'est une fête nécessaire. Car il vous faut naître, vivre et mourir, hommes, mes amis, mes frères. Il faut aller à la guerre! Il faut défiler sur la plage du monde, jouant de la trompette comme les enfants, jouant faux, avec des « couacs » affreux, derrière nos petits drapeaux multicolores, il nous faut y aller, il nous faut jouer au grand jeu de la vie et de la mort, que pourrions-nous faire d'autre? Il nous faut brandir nos petits drapeaux, les agiter vers le soleil et quand la balle fatale nous atteindra, quand la bombe s'abattra sur nous, quand l'obus portant notre nom nous foudroiera dans un dernier bouquet, nous dirons merci. Nous dirons merci, parce que la plaisanterie s'achève. Et il était temps! Ah Dieu, il était temps! Nous partirons sans regret.

Cependant, comme les loups, nous nous taisons. Nous ne nous plaignons pas. Comment nous plaidrions-nous? Si Dieu a donné au monde son fils unique, et si le monde reconnaissant le lui a tué comme un chien, nous ne pouvons réclamer un sort meilleur. Nous ne pouvons exiger plus de bonheur que Dieu, nous qui ne sommes tout de même pas Dieu. Nous ne sommes pas Dieu, mais il s'en faut de peu, de très peu; il s'en faut d'un fil. Quand nous regardons le soleil, quand nous regardons se lever le soleil, se coucher le soleil, nous sentons qu'il s'en faut d'un souffle, d'une inspiration infime, s'ajoutant à celle que nous avons déjà, d'un peu de courage, peut-être? Pour un peu, si peu, nous étendrions nos bras, nous nous envolerions dans le soir, nous planerions au-dessus des villes, des villages, puis enfin, ayant rassemblé nos forces, notre courage, ayant dit adieu à ce monde très ancien, à nos souvenirs immémoriaux, ayant dit adieu à ceux-là que nous fûmes, – et quel soulagement de les avoir quittés! – le cœur libre, l'âme en fête, d'un seul élan, nous nous élancerions vers le soleil!

C'est là affaire autrement plus grave que le chant souvent dérisoire des prêtres, que les écrits si ennuyeux des papes, c'est là affaire entre le soleil et nous. C'est là la grande affaire.

52

« Quand on cesse de craindre, alors arrive ce qui était à craindre. » C'est toujours la même, la même vieille histoire. Ce matin du 24 décembre, je me réveille heureux. C'est un jour où c'est permis, non? Je devais pourtant savoir que, dans mon cas, c'est une criminelle erreur.

Mais l'enfant va bien et, sans vouloir tomber dans le fétichisme ou la superstition, je reconnais que la découverte par lui de la pièce d'or, prémice peut-être du trésor, m'a paru de bon augure. Marinette me remet mon courrier et j'achève de constater, avec un étonnement certain, ce qui m'apparaissait déjà dans les lettres d'affaires reçues ces dernières semaines : contre toute attente, mon départ de Paris n'a pas provoqué de catastrophe. Ma société ne s'est pas écroulée, nul ne s'est lancé au pillage de mes dépouilles et, chose plus étonnante encore, mes directeurs ne se sont pas entre-tués. Tout va bien, et le baromètre financier marque le beau fixe, alors que j'avais pris le risque de le laisser s'effondrer dans l'orage et la tempête.

Il a de nouveau neigé. Tout est nimbé d'une perfection blanche. Verdun amène le grand sapin dédié à Noël et le cloue sur une croix de madriers pour lui faire un pied. Puis il le dresse dans un angle de la grande salle du bas au dallage blanc et noir. Marinette drape le pied de velours rouge et,

245

pour terminer l'œuvre collective, Pascal arrive les bras chargés de boîtes contenant les ornements rituels, boules de verre de couleur, étoile d'argent pour le faîte de l'arbre, longs fils hérissés de paillettes brillantes qui vont s'étendre de branche en branche comme des fils de la vierge. L'enfant et Verdun dressent des escabeaux ici et là et commencent à s'affairer autour de l'arbre, comme des ouvriers de chantier naval auprès du navire dont ils préparent le lancement, le parant de guirlandes pour fêter le jour où il gagne la mer pour la première fois.

Je regarde l'enfant si plein d'entrain et je me dis que l'air de la montagne lui a fait tant de bien, conféré tant de forces nouvelles, qu'il va peut-être guérir, démentant les pronostics dramatiques des médecins. Ce ne sera peut-être pas la première fois. Tout le monde sait qu'ils se trompent toujours.

Pascal me dit qu'en cherchant, dans les tiroirs des commodes, les cartons des décorations d'arbre de Noël rangées l'an dernier, il a trouvé par hasard les paquets des cadeaux que j'avais achetés pour lui. Il s'excuse. Je lui dis qu'il n'y a pas de quoi et qu'il peut les placer déjà au pied de l'arbre, à condition de me promettre de ne pas défaire les ficelles dorées avant demain matin. C'est d'accord. L'enfant m'embrasse et me dit que son cadeau pour moi sera placé dans une enveloppe au pied de l'arbre. Je ne dois pas la décacheter non plus. Je promets à mon tour. Alors, ayant mis à jour mes petits problèmes de la matinée, je m'oublie jusqu'à penser à moi-même, c'est-à-dire à Victoire. A ce moment, Verdun vient me dire qu'étant sorti il a rencontré le facteur : ce dernier craignait que nous ne soyons privés de téléphone, le vent ayant la nuit dernière abattu ici et là des poteaux et des fils. Je vais séance tenante procéder à l'essai. En effet, nous ne pouvons appeler. Quand on décroche l'écouteur, on n'entend aucune tonalité.

C'est ainsi que le malheur entre dans la maison. Si j'avais su que je pouvais, d'ici même, pour peu que j'en aie le désir, téléphoner à Victoire, je ne l'aurais probablement pas fait. Sachant que cela m'est impossible, j'en ressens l'envie furieuse. Dévoré d'impatience, je me précipite dans la grande voiture et dévale la route jusqu'à Razac. Je n'ai même pas dit au revoir à Pascal. Je roule dans la neige profonde. Tout resplendit et le monde respire le bonheur. A la poste de Razac, j'obtiens en trente secondes la communication avec Paris et, entre le rire et les larmes, je demande à Victoire d'arriver d'urgence, parce que j'ai l'intention de l'épouser. Entre le rire et les larmes elle-même, elle me répond que – mon Dieu! – il n'y a sûrement plus de place dans l'avion pour Clermont aujourd'hui, mais qu'elle demande à sa secrétaire de se renseigner à la gare. Puis-je rappeler dans cinq minutes? Elle m'aime. Je rappelle cinq minutes après et oui, c'est d'accord, Victoire arrivera demain matin à l'aube. Nous fêterons Noël tous les trois, l'enfant, ma femme et moi. Elle m'embrasse. Je conduis posément en regagnant les tours d'Hérode. Je ris tout le long du trajet et me demande seulement comment je trouverai la force d'attendre jusqu'à demain. J'ai attendu trois mois, trois ans, trois mille ans de sang-froid. Mais comment aurai-je la force, le courage d'attendre jusqu'à demain? Je rentre dans la cour et gare la voiture au garage sans rien remarquer d'anormal. Je n'ai rien noté, je le jure. Je suis toujours heureux et chantonne en pensant à Victoire. Alors retentit, sauvage, désespéré, le hurlement d'un loup. Je n'ai jamais entendu hurler les loups puisque, je l'ai dit, au zoo, pendant leur voyage, au château, au chenil, dans la cave, ils n'ont cessé de se taire. Seule Eve, dans la bataille avec le cheval, a fait entendre un grognement bref. Ni elle ni Adam n'ont jamais hurlé. Pourtant, entendant ce son terrible, sur une note haute longtemps soutenue, qui, dans les temps anciens, devait glacer le sang du voyageur égaré dans la neige, je sais aussitôt, oui, je sais qu'il s'agit du hurlement d'un de nos loups et d'un hurlement significatif, particulièrement tragique. Mais pourquoi les loups hurlent-ils ? Je pousse la porte de la tour. (« Attends. Tu verras. ») Je ne vois personne. Je n'entends plus rien. Gagnant la grande salle, je vois au premier coup d'œil que l'arbre de Noël est maintenant illuminé de guirlandes de petites ampoules électriques de couleur, travail de l'enfant et de Verdun en mon absence. Au second coup d'œil, je vois que les paquets des cadeaux destinés à l'enfant sont éventrés. Les wagons du train électrique et la cuirasse de chevalier gisent au milieu des ficelles dénouées et des papiers épars, ces gais papiers d'emballage de Noël qui portent, imprimés en quinconce, d'innombrables petits sapins dorés. Je réprime mal un mouvement d'impatience : l'enfant m'avait pourtant promis ! A cet instant, le loup hurle de nouveau, et le son est si violent que je comprends qu'il ne peut venir du chenil, mais monte des cales mêmes du navire, des caves des tours. Je me précipite et ouvre la porte. Aussitôt, le cri cesse. Je vois luire dans la nuit les pupilles de tous les loups, Adam, Eve et leurs quatre enfants, qui entourent une forme allongée à terre. Je descends les marches quatre à quatre. Je me précipite comme un fou sur le corps de Pascal : il est mort. Aussitôt, je le sais, non par son éloignement ni le froid de son visage, mais par son insoutenable silence, celui de l'au-delà lui-même. Je le serre dans mes bras, remonte en courant. Je remarque à peine que les loups me suivent. J'étends l'enfant sur le canapé de cuir noir, tape dans ses mains, essaie de souffler dans sa bouche. Je comprends que c'est inutile, qu'il n'y a rien à faire, en remarquant tout à coup sa sublime beauté. Il n'est plus mon fils, il n'est plus mon fils ! Il est un dieu parmi les dieux. Il m'a quitté pour jamais. Il est si beau qu'épouvanté je recule de trois pas, le poing entre les dents et tombe étendu sur le tapis, mordant le tapis, hurlant à mon tour, hurlant pis qu'un loup, car je suis devenu fou. Je ne peux supporter! Je ne peux supporter! Et pourtant si, je peux. Je peux et même je dois. A défaut des devoirs de la vie, il me reste à remplir de funèbres devoirs. Je dois. Je me relève. Oui, je me relève, je le jure. Je trouve la force. Je ne me couche pas sur le corps de l'enfant pour lui restituer une illusoire chaleur. Je n'ai plus le droit. Ce n'est plus mon fils. C'est un dieu parmi les dieux. Il me regarde avec un calme austère, une souveraine dignité. Quelqu'un, un jour, m'avait regardé ainsi. Ah oui, c'était le prêtre. Néanmoins je dois fermer ces yeux au spectacle du monde. *Il ne doit plus me voir!* Je clos ses paupières de mes pouces. Comme il a froid! Mais ce n'est plus le froid d'un être vivant qui a froid. C'est le froid du marbre des dieux! Mon Dieu, pourquoi suis-je allé téléphoner? Pourquoi ai-je un instant cessé de craindre? Un instant a suffi. L'enfant était seul, – seul! – quand il a compris que le moment était venu, le moment suprême, le moment de rejoindre ses frères les dieux, – et tant pis s'il me quittait ! – Il était pressé. Il avait beaucoup de route à faire et il se faisait tard, déjà. Cette journée de veille de Noël s'avançait. On ne pouvait plus différer le départ. Alors l'enfant, délibérément, malgré l'interdiction que je lui en avais faite, avait défait les paquets de ses cadeaux, pour emporter mon souvenir en guise de dernier souvenir et puis, comme je n'étais pas là, comme je tardais à revenir, il avait rejoint ses loups, ses derniers compagnons! Ses loups! Et les loups, comprenant à la perfection ce qui se passait, dans leur suprême et ancestrale sagesse, l'avaient entouré, assisté dans ses derniers moments, à défaut de moi, à défaut de moi! J'avais été absent! J'avais été négligent. Je n'avais pas été là! J'avais commis le crime! Je m'étais, un instant seulement – mais c'était assez pour ouvrir à la mort son chemin! – abandonné à l'illusion du bonheur!

Mais tout de même l'enfant sourit! Tout de même, il n'est pas parti désespéré! Il a vu mes cadeaux, il a eu ses compagnons près de lui. Eperdu, je regarde près de moi. Je voudrais mourir. Oh, comme je voudrais mourir! Mon regard tombe sur l'enveloppe déposée par l'enfant au pied de l'arbre de Noël, pour moi! Je la prends de mes mains tremblantes, je la décachette en sanglotant. Je pense que je vais, à l'intérieur, trouver un dessin, comme il est arrivé à Pascal de m'en donner, en d'autres circonstances. Je déplie le papier. A demi aveuglé par les larmes, je vois qu'il porte seulement des lettres, deux mots. J'essuie mes yeux du dos de ma main, et je parviens à lire le message, en lettres majuscules : BONNE CHANCE.

L'arbre de Noël brille de toutes ses lumières.

Les loups le regardent en silence.

Achevé d'imprimer en janvier 1995
sur les presses de l'Imprimerie Bussière
à Saint-Amand (Cher)

POCKET - 12, avenue d'Italie - 75627 Paris Cedex 13
Tél. : 44-16-05-00

— N° d'imp. 264. —
Dépôt légal : juin 1986.
Imprimé en France

Achevé d'imprimer en janvier 1986
sur les presses de l'Imprimerie Bussière
à Saint-Amand (Cher)

POCKET - 12, avenue d'Italie - 75627 Paris Cedex 13.
Tél. : 44-16-05-00

— N° d'imp. 264. —
Dépôt légal : juin 1986.

Imprimé en France